历史的背影和回眸 2

吕瑜洁 著

北方文艺出版社
哈尔滨

图书在版编目（CIP）数据

历史的背影和回眸. 2 / 吕瑜洁著. -- 哈尔滨 ：北方文艺出版社, 2024. 12. -- ISBN 978-7-5317-6444-1

Ⅰ. I267

中国国家版本馆CIP数据核字第2024L8G009号

历史的背影和回眸2
LISHI DE BEIYING HE HUIMOU 2

作　者/吕瑜洁
责任编辑/王　爽　　　　　　特约编辑/陈长明
装帧设计/汲文天下

出版发行/北方文艺出版社　　　邮　编/150008
发行电话/（0451）86825533　　经　销/新华书店
地　址/哈尔滨市南岗区宣庆小区1号楼　网　址/www.bfwy.com

印　刷/河北赛文印刷有限公司　开　本/880×1230　1/32
字　数/147千字　　　　　　　　印　张/7.125
版　次/2024年12月第1版　　　　印　次/2024年12月第1次印刷

书　号/ISBN978-7-5317-6444-1　　定　价/58.00元

自序：砍柴和担水

一

小和尚问老和尚："您得道前做什么？"

老和尚答："砍柴、担水、做饭。"

小和尚问："那得道后呢？"

老和尚答："砍柴、担水、做饭。"

小和尚又问："那何谓得道？"

老和尚答："得道前，砍柴时惦记着担水，担水时惦记着做饭；得道后，砍柴即砍柴，担水即担水，做饭即做饭。"

二

师父问弟子们："如果你要烧壶开水，生火到一半时发现柴不够，怎么办？"

弟子们有的说去找，有的说去借，有的说去买。

师父说:"为何不把壶里的水倒掉一些呢?"

世事总不能万般如意,有舍才有得。不舍不得,小舍小得,大舍大得。

大道至简。许多至高至深的道理,往往藏在一些极其简单的话里,比如"砍柴即砍柴,担水即担水,做饭即做饭",比如"有舍才有得"。

三

2017年10月,我开始写长篇历史小说《红豆生南国》。2023年4月,小说正式出版,将近一百万字。

2017年,我开始写《红豆生南国》时,三十八岁;小说出版时,我四十四岁。这六年,刚好跨越了"四十不惑"的人生阶段。

为何从四十岁开始不惑?

或许,从四十岁开始,我们会渐渐明白,什么才是值得我们这辈子去努力追求的。

我努力追求的,是精神世界的丰盈。

有朋友问我:"写完《红豆生南国》,你最大的收获是什么?"

我想了想,给朋友打了一个比方。看金庸先生的武侠小说,常常可以看到某个习武之人,无意中掉入了一个洞穴,并在洞穴中发现了一部武林秘籍。他在洞穴中勤学苦练。若干年后,当他走出洞穴时,别人可能看不出他有什么变化,但他自己知道,他已经和以前大不一样了。

四

对我来说,写《红豆生南国》也是这样的习武修行,或许别人看不出我发生了什么变化,但我心里明白,我确实变了。比如,虽然我大学时的专业是历史,大学时代就很喜欢唐代历史,但在写《红豆生南国》之前,有关大唐的历史知识储备依然有限。

一深入就具体,一具体就深刻。为了写好《红豆生南国》,我认真查阅了《资治通鉴》《新唐书》《旧唐书》《唐六典》《唐会要》《唐才子传》《太平广记》《集异记》《金石录》等各种史料,构建起了一个具体、深入的大唐历史知识体系。这样的知识体系,可以让我随意穿越到大唐任何一个时期而不觉得陌生。

当然,写作过程中,也遇到过很多瓶颈,我为此很苦恼,但最终还是咬紧牙关,坚持突破了一个个瓶颈。如今,回顾这段创作经历,我能清晰地感受到,我对长篇历史小说的驾驭能力进了一步。

五

这本《历史的背影和回眸2》,是历史散文集《历史的背影和回眸1》的续集,也是我这些年写《红豆生南国》的"副产品"。

提笔写《历史的背影和回眸1》,源于2016年夏天看了一部电视剧《来不及说我爱你》。故事发生在一个军阀混战、风雨飘摇的年代。烽火连天,生离死别,乱世里的一段爱恨情仇,注定是一段传奇。这样的爱情,不是花前月下,卿卿我我,而是共赴国难,生死相随。

看完《来不及说我爱你》后,我久久意难平,写下了三万字的续集《终于可以说爱你》。写《终于可以说爱你》,就像一根魔法棒,唤醒了我从大学时代陆续沉淀的对历史人物、历史事件的种种感悟,于是,我踌躇满志,决定开始写历史散文。写完第一本,意犹未尽,又有了第二本,或许,将来还有第三本、第四本、第五本……

一路写来,在时光中穿梭,在史海中沉浮,别有一番滋味在心头。对历史人物和历史事件的感悟,一旦开了闸,就再也停不下来。夜深人静时,在电脑屏幕发出的淡淡蓝光中敲击键盘,仿佛老僧入定般,有暗香浮动在笔墨之间,有文思如月照我无眠……

虽然每一个生命都将逝去,但并不妨碍我们一次又一次转身,遥遥凝望古人远去的背影。在一次又一次回眸中,我们终将明白一些道理,然后,继续前行。

远去的背影,值得千百次回眸。

六

木心说:"岁月不饶人,我亦未曾饶过岁月。"

电影《无问西东》中说:"爱你所爱,行你所行,听从你心,无问西东。"

时间,无始无终;空间,无边无际。站在时空的坐标轴上,人类渺小如草芥。在让"渺小"变得"丰盈"的方法中,阅读一定是重要的一种。

我相信"开卷有益"。一本书,就像一个人。当你阅人无数、阅书无数后,自然会构建起一个属于你的精神世界。对我来说,看书、写作,便是这世上最美好的事。

愿你也能找到一件你真正喜欢的事,活在当下,心无杂念,有事做,有梦想。

如此,足矣。

目录

一、先秦风骨

望夫崖的守望 / 003

她是他的"丑妻" / 010

当世莫胜越女剑 / 025

二、两晋风华

簪花小楷美千年 / 037

既许一人以偏爱 / 047

纵然情深,却未白头 / 061

有些远方,不必抵达 / 071

三、大唐风流

出走一生,归来仍是少年 / 079

爱到极处，是放手 / 089
那道流星划过的光 / 100
回首东风泪满衣 / 108
失去她后，终成浪子 / 118
李商隐的隐情 / 131

四、宋后风韵

千年前的那片星空 / 139
写出不一样的陆游 / 145
她对自己无能为力 / 152
腊八依旧，香魂何在 / 161
未曾谋面的知音 / 167

五、番外

谁是谁的执念（一）/ 177
谁是谁的执念（二）/ 181
谁是谁的执念（三）/ 188
谁是谁的执念（四）/ 193

谁是谁的执念（五）/ 199

写在最后：热爱写作之前，热爱生活 / 206

后记：这样的人生，很高级 / 209

一、先秦风骨

望夫崖的守望

一

在《吕氏春秋·音初篇》中，记载了一首越地最早的情歌，只有短短四个字："候人兮猗。"翻译成现代文，大意是"我在等你啊，我的爱人！"这是目前发现的最早的越地情歌，相传作者是大禹的妻子、东夷涂山部落首领的女儿——女娇。

涂山部落是母系社会，女子地位很高。女娇从小就长得好看，到了十五六岁，更是出落成了涂山部落里最鲜艳的花朵。她身姿矫健，聪明伶俐，浑身都散发着阳光般的明媚和灿烂。她眉眼弯弯，笑起来时嘴角上扬，眼睛和嘴唇都如一弯上弦月，好看极了！

她不知道，她的意中人不在越地，而是来自远方。

二

这年春天,桑林染绿,陌上花开。女娇和一群小姐妹去桑林采桑。她们一边采桑,一边说笑,欢呼雀跃,很热闹。突然,一群男子向桑林走了过来,走在最前面的男子,身材高大,剑眉朗目,上前问道:"这位姑娘,此地可是东夷涂山部落?我想拜访贵地首领,能否帮忙带个路?"

听说这位男子要找她父亲,女娇不由有些警惕,一连问了三个问题:"你是何人?来自何方?找我们首领又有何事?"

对方并不回避,朗声回答:"我姓姒,大家都叫我禹,来自山西龙门,想找贵地首领共商治水大事。"

女娇早就听说过禹的名字,知道禹的家族世世代代治水,禹更是大名鼎鼎的治水英雄,不由得肃然起敬,声音顿时柔和了许多,展颜笑道:"原来你就是大禹啊!实不相瞒,你要找的人就是我爹爹,我这就带你过去吧。"

这回轮到禹对女娇刮目相看了,想不到部落首领的女儿如此美丽,如此伶俐,他顿时心生好感,忍不住想多看女娇几眼。恰好此时女娇也想再细细看看传说中的治水英雄。不早一步,也不晚一步,四目相对、惊鸿一瞥的刹那,两人都不禁心跳加快。女娇更是感觉胸口小鹿乱撞,脸上一片滚烫,赶紧低头抿嘴一笑,往前带路去了。

看着女娇美丽的背影,禹的内心也波涛汹涌。这些年来,他一心一意埋头治水，从未将个人婚姻大事放在心上。然而，此时此刻，看着近在咫尺的女娇，禹突然发现，女娇就是自己梦中想要寻找的伴侣，是时候娶妻成家了。

在女娇的引荐下，禹和女娇的父亲愉快交谈，很快就商量好了接下去的治水大业。女娇的父亲表示，一定举全部落之力，全力配合大禹治水。

从此，禹就带领手下在涂山部落住了下来，不断疏浚河道，将河水向东引入大海。在日复一日的朝夕相处中，禹和女娇的感情与日俱增，两颗心越来越靠近。终于有一天，在他们第一次见面的桑树林里，禹向女娇大胆表达了他对她的爱慕之情，并将女娇紧紧搂入怀中，女娇靠在他滚烫的胸口，感受着他强有力的心跳，不胜娇羞地笑了。

此时此刻，阳光正好，春风不躁，一切都刚刚好，女娇将自己毫无保留地献给了禹。

三

新婚之后，禹继续埋头治水，女娇成了禹的贤内助，全力配合禹治水。通过禹的讲述，女娇渐渐知道了禹和他父亲治水的点点滴滴。

从尧的时代开始，就存在很严重的水患，可以说是洪水滔天。尧的都城在山西临汾一带，这一带的西面是黄河龙门地区，两边都是崇山峻岭。黄河到了这里，河床突然变窄，河水汹涌澎湃，很容易造成水灾。

洪水滔天,席卷大地,百姓忧愁,谁能治理?尧任用鲧去治水,鲧用堵的方法治水,治理了整整九年,没有任何效果。

到了舜的时代,舜亲自去看鲧治水的现场,发现现场一片混乱,不仅劳民伤财,而且没有任何成效。舜勃然大怒,当即诛杀了鲧。

可是,水患总需要有人继续治理,大家又推荐了鲧的儿子——禹。禹临危受命,可想而知,他面临的形势是多么艰难,多么险峻!对内而言,他的父亲因为治水不力而被诛杀,他是罪人的儿子;对外而言,水患如此严重,这么多年都治理不了,他能不能根治水患?

禹明白,自此,他活着的使命就是治水。如果水患得不到解决,他的下场就和他父亲一样。生命不息,治水不止,命悬一线,唯有治水。

于是,禹带领手下义无反顾地投入了治水大业。他从山西龙门出发,不辞辛劳地考察沿途的地形和水势,用尺子测量山水,把相关信息仔细标注下来。经过全面细致的考察,他终于明白,他父亲采用封堵的办法,筑大坝去拦水,但水是拦不住的。水一旦满了,就会冲毁大坝,造成更加严重的水灾。

禹改变了父亲治水的方法,采取了因势利导的疏导方法。他左手拿着准绳,右手拿着测量工具——规和矩,按照天地四时运行的规律,建立木桩,整理各地的地形地貌,做出了整体治水的规划。

有了规划后,他就带领手下往东南方向走,沿途疏通河水,让水顺势而流。在容易泛滥的地方,他修筑堤坝,既消除水患,又灌溉土地,种植稻谷,开辟了大片良田。

女娇明白了禹治水的点点滴滴后,打心眼里心疼他、敬佩他,恨不得天天跟随他一起去治水。不过,没多久,女娇就发现自己怀上了禹的孩子,她高兴地告诉禹:"你快要当父亲了!"此时,禹已经三十多岁,听说自己要当父亲了,不由得激动地将女娇抱起来转了好几圈,叮嘱她接下去不要跟着他去治水了,在家好好休息,顺利生下孩子。

四

不久后,禹完成了在涂山部落的治水任务,要向东出发,继续治水。临行前,禹叮嘱女娇照顾好自己,不要担心他。女娇依依不舍地目送他离去。

女娇明白,对禹来说,治水是他必须完成的宏图伟业,他已经为此付出了太多心血,眼看成功在即,必须坚持到底,不能功亏一篑。治水大业,只许成功,不许失败。

禹不在家的日子,女娇辗转难眠,常常回忆起她在桑树林里初见禹时的温情时刻。又是一个月夜,月亮的清辉洒在床前,女娇披衣起身,走到窗前,抬头凝望天边的新月,不由得触景生情,随口发出了一句令人动容的感叹:"候人兮猗!"

在明月的清辉中,在我们初见的地方,我在等你啊,我的爱人！

　　爱情是神奇的，似乎是心电感应一般，禹仿佛听到了女娇对他的呼唤，但他有重任在身，无法回家陪伴女娇。他曾经三次路过自己家附近，却都没有回家看女娇一眼。他知道，相见时难别亦难，与其让女娇忍受见面后再分别，不如暂时不见，等完成治水大业后，他就可以回家好好陪她了。

　　时间一天天过去，眼看禹迟迟没有归来，女娇实在无法忍受对禹的思念和牵挂，再也顾不得自己正身怀六甲，也顾不得一路上的艰难和辛苦，千里迢迢去找禹。

　　万万想不到的是，女娇终于找到禹的那一刻，她亲眼看到的却是一头熊。据说，这头熊就是禹的化身。刹那间，女娇又惊又羞，随着"哎呀"一声，说时迟，那时快，女娇竟然化身成了一座巨石。听到女娇的惊呼声，禹立即变回人身，奔到女娇化成的石头前，想要救下她和她腹中的孩子。然而，禹还是晚了一步。面对巨石，禹含泪挥斧，石头裂开，女娇腹中的孩子蹦了出来。这就是禹和女娇的爱情结晶，禹为他取名为启。

五

　　当然，关于禹化身为熊、女娇化身为巨石的说法，显然只是神话传说。但有一点是肯定的，女娇对禹的感情，天地为鉴，日月为证，此生不渝。

　　在禹治水的过程中，女娇功不可没。为了纪念女娇，后人慢慢将她神化,把她说成九尾白狐,在《吴越春秋》中有这样一段记载:"禹三十未娶,行到涂山,恐时之暮,失其度制,乃辞云:'吾娶也,必有应矣。'乃有白狐九尾造于禹。禹曰:'白者,吾之服也。其九尾者,王之证也。'"

根据这个传说,禹的妻子、启的母亲是九尾白狐,也就是说,九尾白狐是大禹背后坚实的力量,对禹建立夏朝有很大的功劳,夏朝因九尾狐而兴盛。

后来,商汤灭夏,建立商朝。对于夏朝来说,商朝就是仇人。巧合的是,在神话传说中,商朝的灭亡是因为纣王宠幸苏妲己,而苏妲己就是被九尾狐附体了,可以说,九尾狐为夏朝报了仇。

她是他的"丑妻"

一

西施的美,无可争议。

先秦时代,百家争鸣,几乎什么事都要吵,但对于西施的美,无论儒家、墨家,还是道家、法家,意见都出奇一致——西施真美!

孟子称西施为"西子",庄子更是为西施创作了"西子捧心""东施效颦""沉鱼"等典故,其他诸如《管子》《墨子》《韩非子》等,也都提到了西施的美。

不过,在西施本人看来,她这一生最大的幸运,不是"美丽",而是遇到了范蠡。

二

公元前490年春天,越国诸暨苎萝村,山清水秀,草木葱茏。

一位明眸皓齿、婀娜多姿的少女,像往常一样去村口的溪边浣纱。她姓施,名夷光,今年十六岁。父亲以砍柴、打猎为生,母亲以浣纱、纺织为业,一家人虽然过得清贫,却也其乐融融。

施夷光从小就长得美,因为住在苎萝村的西边,就被人亲切地唤作西施。村里人都说,谁要是娶了她,定是上辈子积了天大的福分。她笑笑,心想:在这乱世之中,长得美有什么用呢?嫁一个像她父亲一样的樵夫,日出而作,日落而息,不就是幸福的一生吗?

她一边想着,一边不由得嘴角上扬,甜甜地笑了。一阵清风吹来,一绺碎发垂了下来,她直起身子,用湿漉漉的手撩起垂到眼前的碎发。就在整理鬓发的一瞬间,她忽然听到身后传来一个不疾不徐的温润声音:"姑娘,请问这是苎萝村吗?"

她转身,只见不远处站着一个高大挺拔的身影,他正笑容和煦地看着她。她心里咯噔一下,看这位男子的衣着、气度,定不是寻常百姓,忽然想到和陌生男子这样对视有些不妥,她连忙低下头道:"正是。"

男子并未离开,而是向她走了过来,声音中没来由地透着一份亲切:"姑娘,我叫范蠡,是越国大夫,不知能否带我去你家看看。"

西施虽然已经看出眼前这位男子不是寻常百姓,却未料到他竟是堂堂越国大夫。她听父亲时常说起,范大夫智勇双全,陪越王前往吴国服役三年,如果没有范大夫,越王可能就回不来了……想到这里,西施忙向范蠡深深行了大礼:"民女见过范大夫。"

三

接下去的事情,让西施愈发惊讶。

范蠡到她家后,和她父亲闭门长谈了很久。当门再次被推开时,范蠡的目光中似乎有一种复杂难言的情绪,但语气依然波澜不惊。他说,他想带她去越国都城面见越王,问她是否愿意。

在西施看来,范蠡身上有一种常人没有的高贵气度。她并不知道他为何要带她面见越王,只是觉得有这样气度的人,定是值得信任之人。因此,她竟毫不犹豫地点头答应了。

几天后,西施随范蠡步入越国刚建好的都城,拜见越王。越王显然对她很满意,让范蠡给她安排好住处。

那天晚上,月亮很圆,月华皎洁。在一地清辉中,范蠡一脸肃然地告诉西施:"越国将用'灭吴九术'报仇雪耻,其中第四术是'遗美女以惑其心,乱其谋',而你……"说到这里,他忽然停住了,转头看着她,默然不语。

聪慧如西施,顿时明白,她的美貌得到了越王的肯定,她成了被越国派往吴国的不二人选。那一刻,西施不知道自己该喜该忧,还是且喜且忧,只觉得胸口一阵酸涩,有一股热流止不住地往上涌。

"很抱歉,我把你带入了如此险境。如果你不愿意,我可以禀明越王,让越王放你回家。如果你愿意,将在越国训练三年。

这三年中，我会按最高要求培养你。"范蠡看着西施，温润的声音里似乎带上了几分艰涩。

"好，我愿意！"西施不清楚自己会有怎样的将来，只知道无论将来发生什么事，她都愿意听范蠡的安排，因为她信任他。

当她答应留下来时，范蠡心里也是五味杂陈。他无法告诉西施，当她从古朴苍褐的浣纱石上起身抬头的那个瞬间，早已阅人无数的他，心底竟起了波澜。在战场上都波澜不惊的他，那一刻却怔住了——这世间竟然真有如此惊为天人的佳人！

四

从公元前490年到公元前488年，出落得愈发粉面含春、亭亭玉立的西施，在越国美人宫接受了严格的训练。范蠡品位极好，琴棋书画、诗酒花茶、坐卧行走，每一样，都按最高标准培养她。

西施虽然并不能经常见到范蠡，但她处处留意范蠡的消息。她渐渐知道了，范蠡比她年长二十岁，于公元前526年出生于楚国宛地（今河南南阳）三户邑。他十五岁那年，因不满楚国"非贵族不得入仕"的政局，就和好友文种投奔越国，深受当时的越王允常的赏识。几年后，他被拜为上大夫。

在西施看来，范蠡对越国、对越王当真是忠心耿耿、肝胆相照。

公元前494年，吴越交战，越国战败，根据吴越议和条件，越王勾践要入吴为奴。范蠡毫不犹豫，挺身而出，陪同越王一起前往吴国服役。这一去，便是整整三年，直到公元前491年，他才和越王一起回到越国。

面对一片萧条的越国，范蠡积极辅佐越王重建都城。他先建山阴小城，再建山阴大城。大城故意建得残缺不全，特别是面对吴国的方向，不筑城墙。

也正是在这一年，她遇见了范蠡，那时她十五岁，范蠡三十五岁。如今，三年过去了，她十八岁，范蠡三十八岁。她越来越认定，这辈子，除了范蠡，她再也不可能爱上别人了。

和西施一起接受高标准培训的，还有一个越国女子，名叫郑旦。郑旦说，她和范蠡说话时，范蠡总是一脸肃然，不苟言笑，她有些怕他。西施却觉得，她和范蠡说话时，范蠡虽然也不苟言笑，但目光中似乎有一种温暖和深意⋯⋯

其实，范蠡心里也有西施。在无数个不眠之夜，他会想起西施，想起她和郑旦说话时俏皮可爱的模样，想起她独自凭栏远眺时孤寂落寞的背影，想起她看到他时欲言又止的神情⋯⋯他不是不知道，他和西施互相有情，但他同样知道，他们没有资格相爱。大爱是国，小爱是家，在大爱面前，小爱只能让路。身为越国大夫，他别无选择，必须全力以赴，帮助越王报仇雪耻、争霸天下。

五

公元前488年深秋,西施和郑旦圆满完成所有培训,被正式送往吴国。郑旦已经登上前往吴国的船,西施却站在岸边,不肯离去。秋风萧瑟中,她抬起头来,看着前来相送的范蠡,泪眼婆娑。这一刻,她多么希望,范蠡可以将她留下。

时光仿佛在这一刻停滞,不知过了多久,才听到范蠡那熟悉的温润声音在空中响起:"起风了,上船吧。"

西施眼含热泪,快步走到范蠡面前,鼓起勇气说道:"先生,今日别后,不知何年才能相见。"

一阵秋风吹来,吹乱了西施如瀑的秀发。良久之后,范蠡目光笃定地看着她:"月圆之夜,终会相见。"说完,他再次深深地看了她一眼,然后转身大步离去。早已等候在岸边的侍卫,簇拥着西施登上船,解开缆绳,向吴国驶去。

范蠡并未回头,他希望自己记住的是西施那天下无双的明眸。他也并没有骗她,月圆之夜,终会相见,在梦里相见。

船头,寒风凛冽,西施却一直怔怔地看着越国的方向,因为那里有她今生最割舍不下的男人。他高瞻远瞩,足智多谋,越王离不开他,他亦全力以赴。她有很多话想告诉他,但当她看到他清朗明澈的眼眸时,她所有想说的话,又都咽了下去。她知道,她不能说。

当然,和他在一起久了,任他再理性克制,她还是看出了一些破绽。比如，他教她抚琴时，他的指尖无意间碰触到了她的，他会倏忽收手，神色中掠过一丝克制的喜悦；比如，他和她讲述他十五岁那年从楚国辗转来到越国，并被越王赏识时，他的脸上有一种青春少年特有的光芒和神采。

她深信，他不是旁人眼中那个刻板严肃的范大夫，而是一个有情有义、极度自律的谦谦君子。

夕阳坠地，暮色四合，船头的风更大了。郑旦走到西施身后，轻轻为她披上一件衣裳，说："起风了，小心着凉。"

"你说，吴国的月亮会和越国一般好看吗？"西施恍若不觉，抬头看着远方，喃喃低语。

是的，越国的月色，很美很美，美得让人窒息，让人沉醉，让人想要轰轰烈烈爱一场。此刻，站在这甲板上，她知道，她并不是孤身一人前往吴国，她的身后，永远有他。

六

西施深深明白，从踏上吴国的那一刻开始，她便注定要成为一个没有灵魂的皮囊、一颗没有感情的棋子。

吴王夫差看到惊为天人的西施时，顿时两眼放光，立即让她住进了比越国美人宫奢华千百倍的馆娃宫。当她抬头对上吴王看她时那垂涎欲滴、如获至宝的眼神时，当她被吴王拦腰抱上弥漫着龙涎香的奢华床榻时，她在心底一声长叹，闭上双眸，仿佛这样就可以将眼前的一切都抛诸脑后，或者当作什么都不曾发生。

她试图让自己相信,她依然在越国,依然在知她懂她的范蠡身边……

次日清晨,当吴国的第一缕晨光照上馆娃宫的床榻时,当她看到搂着她沉沉睡去的吴王时,当她听到吴王那一声高过一声的鼾声时,她知道,从昨夜开始,她已经成为吴王的女人。她也知道,只有早日完成越王交代的任务,她才能早日回到越国,回到范蠡身边,实现"月圆之夜,终会相见"的诺言。

于是,西施和郑旦日日陪在吴王身边,哄吴王开心,陪吴王笑闹,一切似乎都很顺利。不久,西施渐渐遇到了来自吴国大夫伍子胥的阻力。

伍子胥原本是楚国人,出生于公元前559年,父亲名叫伍奢,在楚平王手下任职。因奸臣费无极挑拨离间,伍子胥的父亲和哥哥都惨遭楚平王杀害。伍子胥死里逃生,从楚国辗转逃到吴国,深受吴王阖闾赏识,成为吴王的左臂右膀。

阖闾志在成就霸业,伍子胥协助阖闾西破强楚,北败徐、鲁、齐国,终成春秋一霸。阖闾去世时,嘱咐伍子胥继续辅佐他的儿子夫差。

阅人无数的伍子胥,从看到西施的第一眼开始,就顿感不妙。此女有倾国倾城之貌、绝世独立之姿,勾践却不自己享用,而是拱手送给夫差,其狼子野心昭然若揭!于是,伍子胥多次忧心忡忡地向夫差谏言:"请恕老臣直言,越女西施,大有妹喜、妲己、褒姒、骊姬之态,国君不可不防。"

然而，早就将西施捧在手心的夫差，哪里听得进伍子胥的谏言？他脸色一僵，说道："大夫此言差矣！妹喜、妲己、褒姒、骊姬都出现于末世，吴国如今蒸蒸日上，怎么可以同日而语？"

"国君……"

"不必说了，寡人心里有数。"夫差霍地起身，大袖一挥，大步离去。他迫不及待要去馆娃宫看西施，一刻都不想浪费在伍子胥的叨唠中。

为了取悦西施，夫差大兴土木，调动吴国最好的能工巧匠，筑造各种精美绝伦的亭台楼阁。一时间，从全国各地源源不断运来的名贵木材堵塞了河流港渎，从而有了"木渎"的地名。

夫差以为，这样花前月下、歌舞升平的日子，可以一直过下去。他不知道，在千里之外的越国，越王勾践正举全国之力发展生产，蓄势待发。

七

一眨眼，西施来到吴国已有四年。

四年来，因为伍子胥多次劝夫差远离西施，夫差越来越不待见伍子胥。昔日牢不可破的君臣关系，正在一点一点分崩瓦解。

这天，听说夫差要率大军攻打齐国、进图中原，伍子胥再度犯颜直谏。他说，越国在吴国的后方，吴国若要攻打齐国，应先消灭越国。否则，吴国很有可能背腹受敌，前后夹击，陷入无力回天之险境。然而，夫差再一次拒绝了伍子胥的忠告，并怀疑伍子胥替齐国说话，是齐国安插在吴国的内奸，怂恿吴越"鹬蚌相争"，齐国坐收"渔翁之利"。

一个月色惨淡的夜晚，夫差赐伍子胥一把青铜宝剑，令其自杀。伍子胥心如刀绞，老泪纵横，自尽前交代门客："请挖出我的眼睛，置于东门之上，我要亲眼看着吴国灭亡。"

果然，伍子胥死后两年，即公元前482年，吴越之间那层温情脉脉的面纱终于撕破了。这一年盛夏，夫差举全国之力北上中原，和晋定公相会于黄池（今河南封丘路南），争夺中原霸主之位。越国复仇的时机终于到来了！

范蠡建议勾践趁吴国空虚，立即兴兵伐吴。越国大军如入无人之境般攻入吴都，杀死夫差的太子友。噩耗传到夫差耳中时，夫差为了不影响争霸大业，秘密处决了报信的吴兵，继续参加黄池会盟。

待夫差从黄池回到吴国时，越国显然占了上风，夫差只好打落牙齿和血吞，和越国讲和，越国退兵。

越国杀了夫差的儿子，西施以为夫差定会迁怒于她，就主动请罪道："臣妾来自越国，已是戴罪之身，无颜再伺候国君，请国君赐臣妾一死。"不料夫差却对西施恨不起来，说："这是男人之间的事情，与你何干！"

八

如果说公元前482年的交锋，只是越国小试牛刀，那么公元前478年这场交锋,便是越国大动干戈了。

公元前478年,越王勾践再度挥师北上,亲自率军攻打吴国。吴军承平日久,吴王夫差仓促应战。毫无悬念,越军在笠泽(今江苏吴江)三战三捷,大败吴军。吴军尸横遍野,一败涂地,夫差带着少量残兵逃入姑苏城(今江苏苏州),承认战败。

四年前的交锋让夫差痛失爱子,四年后的激战让夫差丧失民心。夫差沉溺于美色中,不理朝政,听信谗言,错杀忠良,急于练兵,士气不振……吴国百姓怎么可能不怨夫差,不骂夫差?堂堂一国之君,已成千夫所指!

夫差不得不承认,他错杀了伍子胥。如果他采纳了伍子胥伐齐必先伐越的建议,那么吴国绝不至于沦落到这一步。

此时此刻,西施心里也是五味杂陈。时光荏苒,她来吴国已经整整十年了。

十年前,夫差踌躇满志,外有大将,内有良相;十年后,他身边再也没有可以倚重的将相,霸主之位一去不复返……面对夫差的彻底衰败,她是该高兴还是该惋惜呢?

身为越国子民,她当然应该高兴,因为她完成了她应该完成的使命;然而,身为深受夫差宠爱的女人,她却有种无端的自责。毕竟,夫差一步一步走到今日,和她脱离不了干系。至少,伍子胥的死,多多少少和她有关。而伍子胥一死,夫差就失去了最得力的助手,吴国一步一步走向灭亡……

西施摇了摇头,独自步入月华如练的庭院,抬头望月,在心中默默祈祷:先生,月圆之夜,终会相见,期待这一天早日到来。

公元前475年春天，越王勾践终于等到了全面进攻吴国的这一天。

当越国大军浩浩荡荡向吴国而来时，辗转得知消息的西施，按捺不住激动的心情，彻夜难眠。自公元前488年深秋离开越国，一眨眼，便已抛家去国十三年。

人生能有多少个十三年呢？十三年前，她是豆蔻年华的少女，如今，即便容颜依旧姣好，毕竟已是三十出头的少妇。这样的年纪，在她的老家苎萝村，孩儿的身高都该赶上她了吧？而她呢，因为一开始就知道自己的使命，所以这么多年来，坚决不肯为夫差生育一儿半女。

越国大军的铁蹄，很快就到了吴国城下。自公元前482年交锋以来，两国力量发生了根本变化，越国显然已占上风。因此，当越国再度大军攻吴时，吴国已无力迎战，只能据城死守。

对此，范蠡建议勾践，不必急于攻城，以防城中有诈。既然已经韬光养晦二十年，何必急于一时半刻？勾践采纳了范蠡的建议，在吴国都城西南郊外安营扎寨，打算长期围困吴国都城，将夫差和吴国城民困死城中。

越国大军的突然到来，让在馆娃宫中日日买醉的夫差措手不及。他幡然醒悟，没有伍子胥的吴国，早已如砧板上的鱼肉，任由越国宰割。

无路可退的情况下，夫差不得不放下曾经的胜利者的身段，派遣使者和勾践谈判，请求勾践能看在二十年前饶他不死的分上，这次也放过他，两国讲和，和平相处。

勾践断然拒绝了吴国使者的求和，向吴国发起了最后的总进攻。此时，吴国早已弹尽粮绝，越军不费吹灰之力，一举攻下吴国。

公元前473年，夫差含恨自刎，越国报仇雪耻。

九

吴国灭亡后，作为"灭吴计划"的功臣之一，西施被带到了越王勾践面前。越王让西施抬头，就在西施缓缓抬头的瞬间，在越王身旁的范蠡心中一沉，身为男人，他太明白越王看西施的眼神意味着什么了。

十八年前，为了复仇，越王不能将西施占为己有；而十八年后的今天，不用说越国的女子，便是这吴国的女子，但凡被越王看上的，自然都是越王的了。一种不祥的预感席卷而来，西施很可能刚脱离吴王，便又落入越王之手。范蠡陷入了沉思。他该怎么说，才能阻止勾践占有西施？他该怎么做，才能在这扑朔迷离的局势中保全西施，并实现当年对西施的承诺？

范蠡想到了勾践的夫人雅鱼，那个曾经陪勾践一起到吴国服役三年的女子。如果能借雅鱼之手阻止勾践占有西施，岂不两全其美？

回到越国后，越王来不及休整，雅鱼就将一句话甩到了他面前："自古红颜如祸水，西施惑人败事，吴国因她而亡，夫差因她而死。如果西施留在越国，定会害了越国。请君上赐死西施，永绝后患。"

越王做梦都想不到，雅鱼会说出这样一番话来。但他明白，越国要争霸中原，还需要楚国助力。雅鱼身后有楚国的势力，他不能和雅鱼撕破脸。

正当越王左右为难时，范蠡主动献计，勾践原本紧锁的眉头渐渐舒展了，点头道："范大夫果然有妙计，既稳住了夫人，又保住了西施，一箭双雕。"

这日，西施收到了范蠡的密信。信中，范蠡告诉她，无论发生什么事，她都不要忧心。因此，当西施被越王派来的人告知第二天要被沉江时，她心里并不害怕。

沉江前，越王当着雅鱼的面，问西施可有什么想说的。西施淡然一笑，悠然说道："民女西施，自十五前被派往吴国，便已死过一回了，西施死而无憾，只愿越国国祚绵长。"说完便向江边款款走去。

雅鱼看到西施被装进鸱夷（一种革囊），投入深不见底的江水，放心地笑了。她永远都不会知道，革囊并未扎紧口袋，沉入江水后，革囊中的西施便被早就等候在水中的勇士救出，从秘密水道浮出水面……

从此，这世上便没有了西施。和西施一起消失的，还有范蠡。

越王这才明白，原来这是范蠡一手导演的一场好戏，不由得雷霆大怒。不过，和他的春秋霸业相比，这些都不值一提。

不久，越王率兵渡过淮河，和齐国、宋国、晋国、鲁国等诸侯国会于徐州,并将越国国都迁至琅琊(今山东临沂),成为春秋时期最后一位霸主。

十

转眼间,很多年过去了,宋国陶丘(今山东省菏泽市定陶区)一位名叫"鸱夷子皮"的商人,被当地百姓交口称赞。和其他商人不同,家财万贯的他,乐善好施,怜贫惜弱,被大家称为"活菩萨"。

不过,这个"活菩萨"什么都好,唯独有一点怪,那就是无论出席怎样的宴会,他都不肯带上自己的夫人。理由永远只有一个,夫人太丑,不好见人。

中秋之夜,一轮明月高悬空中,皎洁的月光洒了一地,鸱夷子皮温润的声音在庭中响起:"让你当我的丑妻,着实委屈你了。"

"先生,谢谢你为我离开越国,难为你了。"西施抬头看向范蠡,眼中是无限深情。

"又说傻话了。即使没有你,我也会离开越国的。我答应你的事,终于实现了。"

是的,月圆之夜,终会相见。西施依偎在范蠡怀中,甜甜地笑了。她果然没有看错人,往后余生,每一个月圆之夜,他们都会在一起。

当世莫胜越女剑

一

"苦心人,天不负,卧薪尝胆,三千越甲可吞吴。"今天,当我们吟诵这句诗时,首先想到的就是卧薪尝胆的越王勾践。其实,在"三千越甲可吞吴"的背后,有一位默默无闻的女子,她就是指挥越军打败吴军的总教官、越国"剑圣"欧冶子的女儿。她有一个特别的名字——处女。

二

在中国冷兵器时代,剑被誉为"百兵之王"。欧冶子是春秋时期越国著名的铸剑师,深受越王允常器重。

为了帮越王铸造出举世无双的青铜宝剑,独具慧眼的欧冶子,踏遍越国山山水水,选中了若耶溪出产的铜和赤堇山出产的锡,将它们熔为一炉,铸造出了湛卢剑、纯钧剑、胜邪剑、鱼肠剑、巨阙剑等五把绝世宝剑。其中，通体黑色、浑然无迹的湛卢剑，更是一把神剑。

越王非常喜欢这五把青铜宝剑，特别是湛卢剑，他爱不释手。欧冶子告诉越王，湛卢剑不仅是一把剑，更像是一双上苍的眼睛，注视着君王的一举一动。君有道，剑在侧；君无道，剑飞弃。拥有此剑，预示国家将兴；失去此剑，预示国家将亡。

听说越国有如此神剑，嗜剑如命的吴王阖闾决定偷袭越国。

公元前510年，吴王阖闾突然发兵攻打越国，越国猝不及防，惨遭失败。吴王阖闾夺走了包括湛卢剑在内的五把青铜宝剑。

听说湛卢剑等五把青铜宝剑被吴王抢走，欧冶子急火攻心、心痛如绞，再加上因长年累月铸剑而力尽神危，很快就病逝了。

三

欧冶子不仅善于铸剑，还精通剑法，从小教处女习剑。欧冶子去世后，处女和母亲相依为命，隐居于越国南边的天姥山（今浙江省绍兴市新昌县境内）。天姥山是会稽山脉的一支，崇山峻岭，飞瀑流泉，时有猿猴出没，猿啼鹤唳。

处女暗暗下定决心，要练就一身好剑术，将来去吴国夺回青铜宝剑，告慰父亲在天之灵。

对剑术天生充满好奇的处女，照着父亲留给她的剑谱，日日勤学苦练，剑术进步飞快。不过，剑谱中有一些关键的细节，处女却不大看得明白，有些不得要领，但又无人可问，只能自己琢磨，很苦恼。

一日，处女像往常一样在林中练剑。突然，一只白猿闯入林中，挥舞一根竹子，和处女手上的宝剑交锋起来。一时间，白猿的竹子仿佛利剑出鞘，和处女的宝剑上下翻飞，不分伯仲。好几个回合后，白猿才纵身一跃，矫健地离去。

待白猿离去后，处女才松了口气，坐在林中休息。突然，她脑中灵光一闪，刚才和白猿过招时，她对以前那些百思不得其解的剑法豁然开朗。她心中大喜，盼望白猿能再来教她剑法。

白猿似乎懂得处女的心思。第二天，处女在林中练剑时，白猿又来和她过招。不知不觉中，白猿成了处女的最佳练剑伙伴。在白猿的帮助下，处女剑术突飞猛进，渐渐到了出神入化的境地。

四

公元前488年秋天，处女像往常一样在林中练剑。突然，白猿蹿出山林，向一位男子扑去，男子忙以随身所佩的青铜剑相挡，但白猿丝毫不怕男子，继续张牙舞爪。眼看男子快挡不住了，说时迟，那时快，处女大喝一声，止住了白猿的进攻。

白猿听到处女的断喝，就乖乖放过了男子，转身和处女比试起来。一时间，两个矫健的身影在空中来去自如，白光上下翻飞，凛然于天地苍茫之间。那位男子在一旁看得眼花缭乱，不由得拍手叫好："好剑法！"

白猿离去后，那位男子正想上前，处女剑光一凛，手中的青铜剑从正前方抵住了男子的咽喉。

男子一个不防,忙退后一步,向处女抱拳道:"在下乃越国大夫范蠡,无意冒犯侠士,如有得罪,还请见谅。"

"原来你就是范大夫?"处女记得,父亲临终前,曾嘱咐她,如果她不想隐居山林,可以去越国都城找范大夫,只要告诉范大夫"欧冶子"这个名字,范大夫一定会出手相助。

"是,在下正是范蠡。"范蠡一开始以为有如此精湛剑术之人定是一个少年,但听处女开口说话后,才知处女不是少年,而是姑娘。她穿了兽皮制成的衣衫,双颊红润,双目有神,充满了山野少女特有的青春活力。

和寻常女子见到男子时低眉敛目不同,处女并不躲闪,大大方方道:"范大夫,我爹爹认得你,你也一定认得我爹爹。"

"哦?请问你爹爹尊姓大名?"范蠡心中一怔,直觉告诉他,眼前的女子不简单。

"我爹爹铸了一辈子剑,因心疼宝剑被吴国掠夺而一病不起,最后含恨而亡……"提到父亲时,处女一改方才的大大咧咧,声音渐渐低了下去。

"原来,你就是剑圣欧冶子的女儿!"范蠡一阵惊喜,大有"踏破铁鞋无觅处,得来全不费工夫"之感。

原来,公元前494年,吴越大战,越国兵败,以三千越甲退守会稽。作为议和条件,越王勾践带范蠡等人前往吴国服役三年,公元前490年才回到越国。越王痛定思痛,决心报仇雪耻。于是,文种、范蠡为越王筹划"灭吴九术"。其中,第四术是

"遗之美好，以为劳其志"，范蠡找到了西施、郑旦两位佳人，已送往吴国。第九术是"坚厉甲兵，以承其弊"，范蠡寻访越国各地，一直找不到既精通剑术，又能行军布阵、指挥军队作战的将才，想不到今日竟然在天姥山找到了！这不正是"踏破铁鞋无觅处，得来全不费工夫"吗！

想到这里，范蠡不由大喜道："姑娘，越王让我寻找剑圣后人，为越国铸剑练兵。你剑术高超，常人望尘莫及。我想请你出山，为越国铸剑练兵，不知姑娘意下如何。"

处女虽是女儿家，却从小明白"天下兴亡，匹夫有责"的道理，且敬佩范蠡为人，就毫不犹豫地点头道："好，我愿随范大夫出山。"

简单收拾后，处女带上父亲留给她的剑谱和青铜宝剑，随范蠡前往越国都城。一路上，猿声不绝于耳，白猿更是依依不舍地送她至山脚。处女和白猿挥手告别，暗暗下定决心：此次出山，定不辱使命。

五

范蠡带处女拜见越王勾践。看到范蠡带来这样一个黄毛丫头，勾践起初有些不以为然，听说她是剑圣欧冶子之女后，才对她刮目相看，问她："据你看来，何谓剑之道？"

处女虽久居山林，却毫不胆怯，听越王说到剑法，就侃侃而谈："剑之道，见之似好妇，夺之似惧虎。其道甚微而易，其意甚幽而深。斯道者，一人当百，百人当万。"在处女看来，深谙剑术之人，平时看上去像一个温柔的女子，但一旦受到攻击，就立刻像一头受到威胁的猛虎那样，迅速做出反应。

处女话音刚落，勾践就击掌叫好道："传令下去，从今日起，寡人加封处女名号为'越女'，担任越国大军习剑总教官。全军上下，皆须受教于越女，若有怠慢者，格杀勿论。"

处女完全没有料到会被越王委以如此重任，忙向越王行礼道："承蒙君上厚爱，民女临危受命，定当全力以赴。国仇一日不报，民女一日不嫁！"

"国仇一日不报，民女一日不嫁"，这铿锵有力、掷地有声的誓言，让勾践和范蠡都震住了。想不到一介女子竟有如此破釜沉舟、壮士断腕的勇气，让七尺男儿也自愧不如！

从此，处女说到做到，闻鸡起舞，废寝忘食，将她爹爹传给她的剑术毫无保留地教给越军全体将士，并镌刻在军营的石碑上，方便将士反复练习。

处女不仅擅长剑术，还擅长兵法，精通排兵布阵、调兵遣将，全军将士无不对这位义薄云天、气冲云霄的女教官佩服得五体投地。

看到处女在军中颇受拥戴，范蠡也很高兴，他终于找到了能助越王早日完成复仇大计的最佳人选。在处女的带领下，越军上下士气大振，战斗力迅速提高。

六年后，即公元前482年，勾践觉得，是时候撕破吴越之间那层温情脉脉的面纱了。这年盛夏，吴王夫差举全国之力北上中原，和晋定公相会于黄池（今河南省封丘县），争夺中原霸主之位。

范蠡建议越王趁吴国空虚，立即兴兵伐吴。在处女的率领下，越国大军如入无人之境，攻入吴都，一举杀死吴国太子友。噩耗传到夫差耳中时，夫差为了不影响争霸大业，秘密处决了报信的吴兵，继续参加黄池会盟。

待夫差从黄池回到吴国时，越国早已占了上风，夫差只好打落牙齿和血吞，和越国讲和，越国退兵。

四年后，即公元前478年，勾践让处女再度挥师北上。这一次，越国要大动干戈了。越军和吴军在笠泽（今江苏省苏州市吴江区）交战，越军三战三捷，大败吴军。吴军尸横遍野，一败涂地，夫差带着少量残兵逃入姑苏城（今江苏省苏州市），承认战败。

曾经，夫差踌躇满志，外有大将，内有良相，已是东南一霸，并有志于北上争霸。他实在想不通，怎么才短短几年时间，他就成了越国的手下败将？他以为，他失败的主要原因是错杀了伍子胥，其实他还忽视了一个重要原因，那就是越国军队里有一位深谙剑术且善于带兵的奇女子。

在这场笠泽大捷中，处女立下汗马功劳。班师回朝后，勾践大喜，厚赏处女。岁月匆匆，一眨眼，处女担任越国大军习剑总教官已有十年了。十年来，她只有一个心愿，为了父亲，为了越国，她一定赴汤蹈火、万死不辞。

六

笠泽大捷，对越国和吴国来说，是一道分水岭。从此，吴国一蹶不振，江河日下；越国斗志昂扬，蒸蒸日上。

公元前475年春天，勾践决定全面进攻吴国。第二天就要出征，处女心情格外激动。虽说这一仗几乎可以说胜券在握，但她自跟随父亲习剑的那一天起，就知道战场从来都非儿戏，刀剑素来无情，她早已将生死置之度外。

出征之日，军旗猎猎，军威赫赫，勾践身穿铠甲，亲自率兵北上。越军从卧龙山出发，浩浩荡荡行至环城河边时，成群结队的越国百姓围了上来。

一位老者上前一步，跪拜在勾践所骑的高头大马前，双手捧上了家中珍藏的美酒。

勾践翻身下马，双手扶起老人道："老丈快快请起！"

"国君御驾亲征，是越国之福。小老儿代表越国子民向国君献酒，祝愿国君旗开得胜！"

"老丈厚谊，寡人岂可独享？来人，将此美酒倒入河中，将士们都喝上一口，必定旗开得胜，最终凯旋！"勾践话音刚落，便有侍卫上前端起酒坛，打开酒盖，向河中倾倒美酒，河面上顿时飘来阵阵酒香。

勾践带头走到河边，用箪舀起河水，一饮而尽。处女也忙端起大碗，"咕咚咕咚"一口气喝完。军中将士纷纷效仿，承流共饮,场面极其壮观。

前方传来雄浑嘹亮的号角声,越军士气大振,浩荡出征。越军主力渡过长江,一举围歼吴军,并趁势打到吴国都城,将姑苏城团团围住。

公元前473年,夫差含恨自刎,越国报仇雪耻。

七

十年生聚,十年教训。

关于处女的故事,《吴越春秋·勾践阴谋外传》中有这样一段话:"越有处女,出于南林,越王乃使使聘之,问以剑戟之术。其剑法天成,居于山林,授剑法以士兵,助越王勾践灭吴。越王称其'当世莫胜越女之剑'。"

在越王勾践成为春秋最后一任霸主的路上,除了文种、范蠡等谋臣良相,身为越国大军习剑总教官的处女,一样功不可没。她完全担得起越王对她的评价——"当世莫胜越女之剑"!

二、两晋风华

簪花小楷美千年

一

有一种字体，清秀灵动，宛如插花的舞女翩翩起舞，被誉为"簪花小楷"。

"簪花小楷"自诞生以来，颇受闺中女子和文人墨客的青睐，在书坛上美了一千多年。

那么，是谁创造了"簪花小楷"呢？

她就是"书圣"王羲之的书法启蒙老师、中国历史上第一位女书法家卫铄，人称卫夫人。可以说，如果没有卫夫人，就没有后来的"书圣"王羲之。卫夫人和她的高徒王羲之一起，永远闪耀在书法的星空。

二

公元272年，卫铄出生于河东安邑（今山西省夏县）的卫家。

卫氏家族不仅世代为官，且文化底蕴深厚，是赫赫有名的书法世家。

卫铄的族祖父卫瓘、族叔父卫恒，都是当时著名的书法家。

卫瓘是三国曹魏后期至西晋初年的重臣、书法家,学识渊博，深受汉末"草圣"张芝的影响，擅长隶书和章草，与当时的书法家索靖齐名。时人认为，"瓘得张芝筋，靖得张芝肉"，堪称"一台二妙"。

卫恒是卫瓘的儿子，也擅长草书和隶书。卫瓘赞扬儿子的书法："我得伯英（张芝）之筋，恒得其骨。"

卫恒还擅长古文。281年，也就是卫铄十岁那年，有一个叫不准的汲郡盗墓贼，挖开了一座战国时的魏国古墓，从中发现了大量的先秦典籍。这些典籍有幸逃过了秦始皇烧书的大火，弥足珍贵。但是，它们是用漆写在竹简上的蝌蚪文字，很难辨认。晋武帝命令学者和书法家负责整理，其中就有卫恒。

卫铄的父亲，名叫卫展，曾任廷尉、江州刺史等职，虽然在书法史上的名气远不如族兄卫恒等人，但也写得一手好字。

卫铄在这样的书法世家中生活、成长，从小耳濡目染。她很喜欢钟繇的楷书，并结合卫家的书法风格，变钟体的扁方为长方，创造出了她特有的娴雅婉丽、清婉灵动的风格，渐渐美名远扬。

三

公元288年，十七岁的卫铄嫁给了江夏世家子弟李矩。李家也是书法世家，李矩有个哥哥，名叫李重，兄弟二人都擅长书法。不过，和卫家相比，李家的书法逊色不少。卫铄嫁入李家后，给李家带去了一本《卫氏书法秘籍》。从此，李家的书法水平更上一层楼，李家人都很尊重卫夫人。

几年后，卫铄与李矩生下一个儿子，取名李充。在卫夫人的教导下，李充和堂兄李式、李廞等人从小喜欢书法，进步神速。

然而，天不遂人愿。李充不到二十岁时，李矩生了一场大病，撒手西去。此时，卫夫人还不到四十岁。

与此同时，卫夫人的妹妹也遭遇了丧夫之痛。卫夫人的妹妹卫氏，嫁给琅琊王氏的王旷为妻。310年，王旷率三万军，与汉赵政权的刘聪战于上党，全军覆没，王旷下落不明。这一年，王旷和卫氏生的儿子王羲之，年仅七岁。

王羲之从小喜欢书法，卫氏一直想为王羲之寻找一位名师。李矩去世后，卫氏邀请姐姐带李充来她家同住。这样一来，不仅可以请姐姐教王羲之书法，而且姐妹俩住在一起，互相有个照应。卫夫人欣然同意，在王家住了下来。

四

　　王羲之从小跟随父亲王旷、叔父王廙学习书法，在卫夫人来到王家前，他多次听父母提起这位精通书法的姨母。看了王羲之的作品后，卫夫人大为惊讶，想不到他小小年纪便有如此悟性，是难得的可造之才，决定好好培养天资过人的王羲之。

　　慧眼独具的卫夫人，发现了别人未必发现的王羲之身上那独一无二的天赋。她深知，书法之美，是与生命相通的美，因此，她要用生命去影响生命，用美去召唤美。卫夫人不但教王羲之书法，还教王羲之许多为人处世的道理。

　　比如，卫夫人看出王羲之急于把字练好的迫切和焦躁时，就给他讲了东汉张芝练字的故事。

　　她说，东汉年间，有一个名叫张芝的人，为了练好字，天天在自家门前的池塘边，蘸着池水研墨练字，从日出一直练到日落，日子久了，洗出的墨汁把整个池塘都染黑了。后来，他的字越写越好，笔势活泼流畅，千变万化，被誉为"草圣"。

　　听了张芝的故事后，王羲之明白了，学习书法没有捷径，要像张芝那样，日复一日，勤学苦练。从此，王羲之也像张芝那样，每天到自家门前的池塘里洗笔砚，日子久了，原来清澈如镜的池塘也渐渐变成了墨池。

　　眼看王羲之的基本功日益扎实，卫夫人觉得是时候带领他进入更高的境界了。她给王羲之讲了三个笔画，其实也是三堂人生课。

　　第一个笔画是"点"，"点"是中国书法里最基本的元素。为了让王羲之认识"点"，卫夫人特地让王羲之看毛笔沾墨以后接触纸面所留下的痕迹，并注解了四个字——"高峰坠石"。你看，"点"不正像一块从高处坠落的石头吗？一个完美的"点"，必须具备"高峰坠石"的力量。

　　第二个笔画是"一"，汉字的另一个基本元素是"一"。"一"既是文字，也是线条。为了让王羲之认识"一"，卫夫人把王羲之带到一望无际的野外，让他在广阔的平原上欣赏地平线的开阔。当辽阔的地平线上的云层缓缓向两边扩张时，卫夫人轻轻说了四个字——"千里阵云"。这个"一"，不正是地平线上的云层吗？云层在地平线上布置、排列、滚动，向两边横向延展，不就像毛笔的水分在宣纸上慢慢晕染渗透开来吗？只有对云层的静静流动有了记忆，有了对生命广阔、安静、伸张的领悟，写"一"的时候，才会有和天地对话的向往。

　　第三个笔画是"竖"，汉字的另一个基本元素是"竖"，就是写"中"这个字时，中间拉长的那一笔。为了让王羲之认识"竖"，卫夫人把他带到深山里，从枯老的粗藤中观察笔势的力量。她教王羲之看"万岁枯藤"，在登山时攀缘一枝老藤，那是漫长岁月里长成的生命。当王羲之借助老藤的力量，把身体吊上去，悬宕在空中时，他感觉到了老藤的强韧，那是一种拉扯不开的坚韧、顽固、倔强的力量。老藤身上的力量，让王羲之渐渐明白，"竖"这个线条，要写到拉不断，写到有弹性，写到里面有一股往两边发展出来的张力。"万岁枯藤"不再只是自然界的植物，而是书法里那有着顽强生命力的线条，这不正是向那些看起来枯老、其实毫不妥协的生命的致敬吗？

卫夫人用"高峰坠石"让王羲之理解了重量与速度，用"千里阵云"让王羲之理解了开阔与胸怀，用"万岁枯藤"让王羲之理解了强韧和坚持。卫夫人既是王羲之的书法启蒙老师，更是王羲之的智慧启蒙导师。她用别人觉得不可思议的方法，唤醒王羲之，启发王羲之，引领王羲之。事实证明，卫夫人做对了。

在卫夫人的悉心栽培下，本就天资过人的王羲之进步愈发神速，渐渐自成一家。卫夫人由衷赞叹"笔势洞精，字体遒媚"，有咄咄逼人之势，并预言王羲之的书法成就一定会达到一个常人难以企及的高峰。

果然，王羲之没有辜负卫夫人对他的厚望。公元353年春天，身为会稽内史的王羲之，邀请四十一位好友在兰亭雅聚，为众人的诗集提笔写序，这就是被誉为"天下第一行书"的《兰亭集序》。

卫夫人与王羲之是名副其实的名师与高徒，成就了中国书法史上的一段佳话。

五

卫夫人在书法界的盛名，不仅因为她教出了一个"书圣"徒弟，还在于她撰写了一部价值极高的书法理论著作《笔阵图》。

《笔阵图》写于348年，一年后，卫夫人病逝。可以说，《笔阵图》凝聚了卫夫人的毕生心血。

在《笔阵图》中，她主张学习书法要上溯其源，师法古人，反对谐于道理，学不该赡，以致徒费精神，学无所成。她主张"工欲善其事，必先利其器"，要注意笔、墨、纸、砚的品种和产地。她认为，用笔有六种方法，一是结构圆备如篆法，二是飘扬洒落如章草，三是凶险可畏如八分，四是窈窕出入如飞白，五是耿介特立如鹤头，六是郁拔纵横如古隶。

具体到笔画上，针对七种不同笔画的书写，她提出了七条标准，一是"横"如千里之阵云，二是"点"似高山之坠石，三是"撇"如陆断犀象之角，四是"竖"如万岁枯藤，五是"捺"如崩浪奔雷，六是"折"如百钧弩发，七是"钩"如劲弩筋节。

她还对书法艺术中的笔、意关系和书家修养做了深刻论述。她说，执笔要有讲究，不同书体应采用不同的执笔法，并加以具体分析。比如，"有心急而执笔缓者，有心缓而执笔急者"，"若执笔近而不能紧者，心手不齐，意后笔前者败；若执笔远而急，意前笔后者胜"。

更难能可贵的是，卫夫人首次把"筋""骨""肉"之说引入书论，提出了"力筋"之说，使之成为书法审美范畴，为后世的创作和欣赏开辟了新的思路。

她认为，书法就像人体一样，要有血有肉，要"多力丰筋"，字要有风骨，骨骼清奇，以硬瘦为美。如果字有太多"肉"，则为"墨猪"，臃肿无神气，不能称为好的书法作品。

在卫夫人身后六百多年，北宋文学家、书法家苏轼也主张"书必有神、气、骨、肉、血，五者缺一，不为成书也"，和卫夫人遥相呼应。

卫夫人将她的毕生经验毫无保留地写进了《笔阵图》。当时的皇帝是晋穆帝司马聃，据说他御阅过《笔阵图》后，如获至宝，拍案叫绝，马上叫来臣子，把身边的"白菜"赐给卫夫人。当然，这不是普通的白菜，而是一尊玉石雕成的稀世珍宝。

卫夫人很喜欢这玉石白菜，将它放在案头，时时欣赏。卫夫人去世后，家人为了能让玉石白菜天天陪她，就请皇上恩准宝物入土，玉石白菜就成了卫夫人的陪葬品。如今，这尊玉石白菜被保存在台北故宫博物院，成了书法界的荣耀。

六

卫夫人不仅给后人留下了书法理论著作，还自创了一种字体，那就是簪花小楷。

人们常说卫夫人拜钟繇为师。钟繇是三国末西晋初年的大书法家，尤其精于楷书、隶书和行书。唐代张彦远在《法书要录》中对此记录尤为详细："蔡邕受于神人，而传与崔瑗及女文姬，文姬传之钟繇，钟繇传之卫夫人，卫夫人传之王羲之，王羲之传之王献之。"

其实，钟繇早在公元230年就去世了，而卫夫人到公元272年才出生，自然无缘拜钟繇为师。事实应该是卫夫人十分喜欢钟繇的楷书，从小加以练习。

钟繇所处的时代，是汉字字体从隶书到楷书演变的重要时期。钟繇把楷书发扬光大，对后世影响深远，被誉为"楷书鼻祖"。钟繇的作品《宣示帖》，被誉为"天下第一楷书"。

卫夫人师法钟繇，"妙传其法"，被后人视为钟氏弟子。她将多家书派融为一体，渐渐形成了自己的独特风格——簪花小楷。簪花小楷是小楷的一种，小楷是楷书的一种。簪花小楷体现了魏晋时期的审美，清婉飘飘若仙，字体端庄雅致，一个个字就像一朵朵含苞未放的花一样，带有女性特有的妩媚娇柔，深得闺中女子和文人墨客的青睐。

唐代诗人杜甫曾经写过一首诗，开篇第一句就是"学书初学卫夫人，但恨无过王右军"。由此可见，盛唐时期，人们很推崇卫夫人的书法，将她的作品视为入门字帖。唐人书法家韦续也盛赞卫夫人的书法："卫夫人书，如插花舞女，低昂芙蓉；又如美女登台，仙娥弄影；又若红莲映水，碧沼浮霞。"

唐代书法家张怀瓘，写了一本关于书法的著作《书断》，品评了从秦汉至唐朝的一百二十多位书法家。在这本书中，张怀瓘盛赞卫夫人的书法，说它仿佛碎玉般冰清玉洁，又像瑶台上的月光那样柔美，婉约如一树花开，字体间的安静和清爽，让人犹如清风拂面，神清气爽。

可惜的是，卫夫人流传下来的真迹并不多，只有《名姬帖》《卫氏和南帖》等几种。她曾奉敕为朝廷写《急就章》，其字形已由钟繇的扁方变为长方，线条清秀平和，娴雅婉丽，和隶书差别很大,说明当时楷书已经相当成熟且普遍了。

七

349年深秋,七十八岁的卫夫人,松开了握了一辈子的紫毫笔,与世长辞,葬于剡县(今浙江省嵊州市)。

此时,王羲之正在南京担任护军将军。当时正是北伐前夕,王羲之忙于协调各类事务,几次想抽身去剡县看望姨母,却因公事繁忙,迟迟未能成行。

噩耗传来,王羲之痛心疾首,涕泪纵横。对王羲之来说,卫夫人既是姨母,又是恩师,感情之深,常人难以体会。很久之后,王羲之才从悲痛中渐渐清醒过来,用端庄凝重的书法写了一篇祭文:"十一月十三日,羲之顿首、顿首。顷遘姨母哀,哀痛摧剥,情不自胜。奈何、奈何!因反惨塞,不次。王羲之顿首、顿首。"

这就是著名的《姨母帖》。如果卫夫人泉下有知,应当也会理解王羲之未能和她见上最后一面的遗憾。

卫夫人的生命,已与书法融为一体。无论时代如何动荡,无论家庭如何变故,她对书法的痴迷一直不变。或许,她对生命的所有领悟,都已融于这一方浓墨、一张宣纸中了。

既许一人以偏爱

一

361年,一代"书圣"王羲之走到了生命尽头。这一年,他五十九岁。此时,他和妻子郗璿所生的七子一女都已成家立业,他可以了无牵挂。

临别依依,他无力地握住郗璿的手,眼中是无限留恋。

郗璿强忍泪水,紧紧反握住他的手,含泪道:"逸少,下辈子,让我走在你前头。"

王羲之和郗璿的婚姻,虽是"父母之命、媒妁之言",但即使让他们自由恋爱,也未必能找到如此般配的良人。

王羲之真正的幸福,是从娶郗璿后开始的。

二

303年,王羲之出身于魏晋名门琅琊王氏,是王旷的第二个儿子。此时正值八王之乱，西晋王朝岌岌可危，王旷建议琅琊王司马睿南迁。

307年，王旷随琅琊王司马睿南渡，来到建邺（今江苏省南京市），聚居于乌衣巷。不久，王旷被司马睿任命为淮南太守，为司马睿稳固扬州政权。

310年，王旷率三万军，与汉赵政权的刘聪战于上党，全军覆没，王旷下落不明。这一年，王羲之年仅八岁。

王旷善隶书、行书，受他影响，王羲之自幼喜欢书法。王旷去世后，王旷的弟弟王廙主动承担起了培养王羲之的重任。

王廙工于书画，擅长音乐，其书画被称为"江左第一"。除了王廙，王羲之还有一位书法启蒙老师，那就是他母亲的姐姐卫铄，人称卫夫人。在卫夫人的悉心栽培下，王羲之的书法天赋迅速显现，并崭露头角。

三

机会从来都是给有准备的人，就连爱情也不例外。

说到王羲之的爱情，要先说说他叔父王导。王导是王旷的堂弟，比王旷小两岁，深受琅琊王司马睿信任。司马睿移镇建邺后，王导一边安抚南渡的北方士族，一边联络南方士族，为司马睿在南方站稳脚跟争取更多支持，为东晋政权立下汗马功劳。王导越来越受司马睿倚重，大有"王与马，共天下"之势。王旷去世后，王导对王羲之关爱有加，让王羲之常住他家。

323年,尚书令郗鉴唯一的掌上明珠郗璿,快到及笄之年(古代女子十五岁及笄)。郗鉴听说琅琊王氏有很多青年才俊,个个一表人才,就派门生拜访王导,想在王氏子侄中挑选贤婿。王导也听说郗鉴的女儿才貌双全,便欣然答应,让门生去他家东厢房走走看看。

门生走了一圈后,回去对郗鉴说:"王家的青年才俊们听说太尉来选女婿,都认真收拾了一番,看上去很庄重。不过,有一个年轻人靠在胡床上吃胡饼,神色自若,好像漠不关心似的。"

郗鉴沉思片刻,点头道:"此人正是贤婿人选。"这个靠在胡床上吃胡饼的年轻人,正是王羲之。

当郗鉴派人到王导府上"面试"王家子弟时,大家都期待能抱得美人归,最后却是安之若素、以真性情示人的王羲之,入了郗鉴的眼。

郗鉴为何看中王羲之?只是因为王羲之靠在胡床上吃胡饼吗?当然不是。如果靠在胡床上吃胡饼的只是王家平庸之辈,郗鉴怎会将掌上明珠嫁给他?

魏晋名士喜欢清谈。所谓清谈,就是一种臧否人物、评论时事的风气。臧否人物时,士大夫会从外在容貌、举止到内在品行、才能,对一个人做出一个综合评价。这个评价,往往会直接影响这个人的社会地位。

早在315年,也就是王羲之十三岁那年,王羲之长嫂的伯父周顗宴客,王羲之随长辈赴宴,敬陪末座。

周顗是名族名士，时任右长史，是当时人物品鉴专家，经他品评肯定的人物，往往身价倍增。

满座宾客推杯换盏、觥筹交错之际，筵席上来了一道洛京名菜"牛心炙"。按照惯例，主人要先让宴席上最重要的宾客吃这道菜。周顗一反常理，无视满座贵客，将这道菜送到了末席王羲之的案上。

贵宾们见受此殊荣的竟然是一个少年，一问之下，才知是英年早逝的王旷的儿子，纷纷惊讶不已。

"锥处囊中，其末立见"，小小年纪就已写得一手好字的王羲之，让周顗刮目相看，主动提携他。周顗此举，让王羲之声名远扬。

从315年到323年，八年过去了，王羲之愈发俊眉朗目、风度翩翩，王导连连夸赞道："逸少何缘复减万安邪？"意思是，我家逸少，比起美男子刘绥，一点也不差！

四

"窈窕淑女，君子好逑。"324年，郗鉴放心地将女儿郗璿嫁给了他亲自选中的王羲之。事实证明，郗鉴没有看错人。

婚后，王羲之将全部深情都给了郗璿。在那样一个一妻多妾的时代，王羲之却只爱郗璿一人，终生没有纳妾。从326年至345年，近二十年间，他俩共生育七子一女。326年，郗璿生长子王玄之。334年，郗璿生次子王凝之。三子王涣之、四子王肃之生卒年不详。从338年郗璿生五子王徽之看，王涣之、王肃之当出生于335年至337年间。340年，郗璿生六子王操之。344年，郗璿生七子王献之。345年，他们终于有了唯一的女儿王孟姜。王羲之自豪地说，他的八个孩子，都是郗璿生的，没有嫡庶之别。

在王羲之眼里，郗璿是最才的女，也是最贤的妻。和王家一样，郗家也是书法世家。郗鉴尤善草书，沉稳流畅，卓绝古劲，代表作有《灾祸帖》等，入选《淳化阁帖》，流传至今。

郗鉴有二子一女，长子郗愔工于草书、隶书和正楷，次子郗昙长于草书和楷书，郗璿也精通书法，被誉为"女中仙笔"，即"女书法家中的神仙"，和王羲之可以切磋一二。

不得不感叹，基因的力量是强大的。王羲之和郗璿的七个儿子，在书法上都有不凡的成就，被誉为"北斗七星"。宋代书法家黄伯思在《东观馀论》中如此评价道："王氏凝、操、徽、涣之四子书，与子敬（献之）书俱传，皆得家范，而体各不同。凝之得其韵，操之得其体，徽之得其势，涣之得其貌，献之得其源。"翻译成白话文，就是说："王凝之、王操之、王徽之、王涣之、王献之都继承了王羲之的书法法则，但各自的风格不同：王凝之得到了韵味，王操之得到了字体，王徽之得到了笔势，王涣之得到了面貌，王献之得到了根源。"

五

　　王羲之和郗璿认为，小儿子王献之最有天赋，对他寄予厚望。王献之到底年纪小，赞美声听多了，难免有些骄傲起来，以为自己的字和父亲的字已经不相上下了。

　　有一天，王羲之有事外出，走之前在墙上随意写了一些字，让王献之临摹。王献之只临摹了一会儿，就觉得差不多了，索性把父亲的字擦掉，只留下了自己写的字。

　　王羲之回来后，看到墙上的字，故意叹了口气，和郗璿说："我写这些字时醉得很厉害吧？不然怎么写得这么难看呢？"王献之听了，有点羞愧，但又很不服气。

　　几天后，王献之又临摹父亲的"大"字，写了几行，自认为满意，心想这次父亲一定会夸奖他。谁知王羲之看后只是顺手在"大"字下面加了一点儿，变成"太"字，还给了王献之。

　　王献之弄不清父亲的意思，又不敢多问，只好拿着字去找母亲。郗璿指着"太"字下面的一点儿，笑说："子敬，这些字里，只有这一点儿像你父亲写的。"

　　看王献之垂头丧气，郗璿将他拉过来，语重心长地说道："子敬，写字必须下苦功夫。你父亲为了练字，不管走路还是休息，常常用手在身上比画，默默揣摩字的笔画结构，日子久了，衣服都划破了。"

　　听了母亲这番话，王献之终于明白了他和父亲的差距。从此，他埋头苦练,进步神速,书法艺术达到了很高的境界,和父亲并称"二王"。

六

当代作家廖一梅说,在我们的一生中,遇到爱,遇到性,都不稀罕,稀罕的是遇到了解。

王羲之是幸运的,他遇见了郗璿,便遇见了所有。郗璿爱他,懂他,尊重他。当所有人都无法理解他为何辞官归隐时,郗璿却什么都没说,笑着挽起他的手,和他一起迁居剡县,过上了他们真正喜欢的闲云野鹤般的生活。

或许,从一开始,王羲之就是不愿进入官场的。但身为王家子弟、郗家女婿,他没有理由不进入官场。

东晋的朝廷,局势动荡,风云谲诡。323年1月,因"王敦之乱",东晋开国皇帝司马睿忧愤而亡,由长子司马绍即位。324年,司马绍平定"王敦之乱",停止追究王敦的党羽,全力重用丞相王导,倚重江东士族,稳定东晋局势。

可惜的是,325年10月,司马绍英年早逝,长子司马衍即位,年仅五岁。

王羲之进入官场的时间,在325年前后。当时,在岳父郗鉴、叔父王彬的联合举荐下,王羲之担任了秘书郎。

秘书郎是六品官,事务不多,王羲之有大量时间练习书法。让王羲之尤其开心的是,秘书省内藏有先朝及本朝书法名家钟繇、胡昭、张芝、索靖、韦诞等人的手迹，他可以尽情欣赏、临摹这些珍品，这比当官开心得多。

329年，苏峻之乱平定后，王羲之由秘书郎迁会稽王友，相当于会稽王的侍从、幕僚，也是六品。

当时的会稽王是谁呢？是司马昱。司马昱出生于320年，是东晋开国皇帝司马睿的幼子。322年2月，司马睿下诏封司马昱为琅琊王，以会稽、宣城两地作为司马昱的食邑。

326年，司马昱的母亲郑阿春去世。司马昱悲伤难忍，请求此时的皇帝、他的侄子司马衍让他为母亲服重丧。于是，328年，司马衍封司马昱为会稽王，定居会稽。

王羲之担任会稽王友一段时间后，陆续担任临川太守、江州刺史、会稽内史等职，累迁右军将军。

七

平心而论，王羲之的仕途，大体比较顺利。那么，他为何会在355年春天坚决辞官？甚至为了表明辞官的决心，不惜在父母墓前立下重誓，宣布永远不再出仕？

在我看来，王羲之的才华在艺术，不在政治，更何况在东晋那样一个各方势力暗流汹涌的时代，要在官场游刃有余，谈何容易？

东晋是门阀政治发展的鼎盛时期。东晋开国皇帝司马睿之所以能顺利称帝，很大程度上离不开王、谢、庾、桓等世家大族的鼎力支持。因此，东晋一朝，世家大族一直支配着王朝政局。

东晋统治者从不以恢复中原为意，门阀大族也致力于在南方经营自己的家族势力。东晋政权自317年成立以来，就一直偏安南方。中国经济重心逐步由黄河流域向长江流域转移。与此同时，中国北方陷入分裂混战，黄河流域成为匈奴、羯、鲜卑、氐、羌等少数民族争杀的战场，这些首领纷纷建立政权，和东晋的政权长期对峙，史称五胡十六国。

在这样的大背景下，是否北伐，就不仅仅只是一个军事问题，而是极为复杂的政治问题。

王羲之对是否北伐有自己的看法，不能说不对，但似乎不合时宜。比如，348年，王羲之受殷浩邀请，出任护军将军。殷浩当时是扬州刺史，协助会稽王司马昱执掌朝政，被朝廷寄予厚望，与当时坐镇荆州的大将军桓温抗衡。

351年，原会稽内史王述丧母，因丁艰而去职，朝廷诏令王羲之担任会稽内史。

352年，殷浩积极准备北伐，王羲之先后两次写信劝阻殷浩。同时，王羲之还向司马昱上书，建议量力而行，不可北伐。结果可想而知，他的建议石沉大海，没被殷浩和司马昱采纳。

其实，东晋朝廷也不愿北伐。但当时后赵大乱，桓温向朝廷提出，这是北伐的好时机，朝廷没有理由拒绝。但朝廷又不想让桓温出兵北伐，因为一旦桓温北伐成功，就会进一步扩大势力，危及东晋政权，因此只能让殷浩出兵北伐。

说到底，殷浩只是东晋朝廷用来抗衡桓温的一颗棋子而已。

而这一切，王羲之似乎并没有看明白，或者说，他看明白了，但他依然有话说。

八

355年3月，厌倦官场、去意已决的王羲之，在父母墓前写下了一篇慷慨激昂的《誓墓文》，字字句句，振聋发聩，仿佛是他的辞官宣言，又仿佛在重塑一个全新的自己。

他在文末这样写道："自今之后，敢渝此心，贪冒苟进，是有无尊之心而不子也。子而不子，天地所不覆载，名教所不得容。信誓之诚，有如皦日。"大意是："自今日起，永不为官，若违此誓，为天地所不容，为名教所唾弃。"

对于王羲之的誓墓辞官，东晋官场议论纷纷。时人大多认为，王羲之如此坚决地辞官，是因为和他的顶头上司、扬州刺史王述长期不合。

东晋时期，会稽属扬州管辖。王羲之一直看不惯王述，请求朝廷将会稽单设为越州，不受扬州管辖。朝廷不会轻易改变行政区划，驳回了王羲之的请求。于是，王羲之决定辞官。

其实，我倒觉得，即使没有王述，王羲之最终也会辞官，王述只是加快了这一进程而已。

自325年踏入官场，至355年春天辞官，不知不觉间，王羲之在官场度过了整整三十个春秋。在世人眼里，出身琅琊王氏的王羲之，仕途顺风顺水，前程不可估量，但他在内心深处一直以文化人自居。他担任会稽内史时，每日要处理大量烦杂的政务，夜间他回到书房时，在心底长叹道："笃不喜见客，笃不堪烦事。"

或许，登台入阁，建功立业，从来都不是他心之所向。他真正想追求的，是将他有限的生命投入到无限的创作之中。他这样的心声，是有迹可循的。

351年春天，他在兰亭诗会上写"固知一死生为虚诞，齐彭殇为妄作。后之视今，亦犹今之视昔"时，他想表达的，不正是精神世界的不朽，远比世人眼中的功名利禄更重要吗？

王羲之不懂政治，但郗璿懂他。他誓墓辞官后，郗璿笑意盈盈地看着他，什么都没说，又仿佛什么都说了。他知道，即使天下人都不懂他，但只要郗璿懂他，就够了。他告诉郗璿，他打算舍宅为寺，离开会稽，到剡溪源头寻一方清静之地，安度余生。郗璿听了，点头笑道："听说剡溪的鲈鱼很鲜美，我早就想尝一尝了。"

王羲之携郗璿的手，一起来到庭前，眺望远方的群山起伏。他们的心，似乎已经飞到了山清水秀的剡溪源头。

九

虽然王羲之在官场浸淫几十年，但他身上始终有一份可贵的"天真"。无论是他为卖扇老妪欣然题字，还是他为躲避卖扇老妪的一再求字而绕道而行，无论是他亲手抄写《道德经》

去换道士养的大白鹅,还是他得知邻居将他的题字转送富商后懊恼地将毛笔一掷,无不透出他身上那份和年龄、身份不符的"天真"。

这样的天真,是他与生俱来的真性情。有这样真性情的人,一方面是天性使然,另一方面也因为他心中有爱。一个缺爱的人,是不可能永葆天真的。

王羲之爱书法,爱白鹅,爱明珠,爱大自然中的一切美好。郗璿呢?她热爱王羲之热爱的一切。因此,对王羲之来说,无论他在官场经历了怎样的不称心、不如意,只要有妻子听他倾吐、解他烦忧,他心中的浑浊之气便烟消云散。他永远是那个云淡风轻的"书圣"王羲之。

从355年至361年,王羲之和郗璿隐居在剡溪源头(据考证,在今浙江省绍兴市新昌县沙溪镇王罕岭一带),以放鹅弋钓为娱,快意山水,安暖相伴。

据《晋书》记载,王羲之和好友许询、支遁等人,不仅遍游剡地山水,还到过临海郡(今浙江省临海市)、永嘉郡(今浙江省温州市),当地至今尚有很多与王羲之有关的名胜古迹。

王羲之陶醉其间,常自叹"我卒当以乐死",并幸福地感叹:"今内外孙有十六人,足慰目前。"

在一个大雪初晴的日子,王羲之想起山阴友人张某,提笔给他写信道:"快雪时晴,佳,想安善,未果为结。力不次,王羲之顿首。"

当王羲之在信中表达对友人的问候时,他一定想不到,一千多年后,这封《快雪时晴帖》会被乾隆皇帝奉为至宝,珍藏一生。在乾隆皇帝看来,王羲之的《快雪时晴帖》,笔法圆劲古雅,无一笔掉以轻心,无一字不悠闲雅致。

能写出这样出神入化的字的王羲之,想必已是浑然忘我、返璞归真了吧?

十

王羲之信奉道教,长期服用一种叫"寒食散"的丹药,身体每况愈下。361年,王羲之走到了生命的尽头。在他生命的最后一刻,郗璿陪伴在他身边。从明眸皓齿到两鬓斑白,他俩一起走过了一生。

去世前,王羲之握住郗璿的手,面容安详,没有遗憾。这一年,他五十九岁,郗璿五十三岁。

王羲之去世后,郗璿和儿孙们生活在一起,活到了九十多岁。相传郗璿晚年时,王羲之的堂侄孙王惠前去看望她,问她:"您的眼睛、耳朵都还好吧?"

她笑了笑,意味深长地说道:"头发白了,牙齿掉了,这是身体的事。至于眼睛和耳朵,这和精神相关,哪能那么快就和人分开呢?"

可见即使在身体难以抗拒地走向衰老时,她依然保持着乐观的心境。在她看来,王羲之并未离她远去,而是换了一种形式陪伴在她身边。不是吗?他在"翩若惊鸿,婉若游龙"的书法里，在至情至性的诗文里，更在刻骨铭心的回忆里……

　　既许一人以偏爱，愿尽余生之慷慨，王羲之和郗璿，活出了天长地久的味道。

纵然情深,却未白头

一

这一生,王献之最大的遗憾是什么?

据《世说新语》记载,王献之病重时,请道人主持上表文祷告。道人问王献之,这辈子有什么过错?王献之说:"不觉有余事,唯忆与郗家离婚。"

到了生命的尽头,唯一让王献之无法释怀的事,就是与郗道茂离婚。

郗道茂是谁?她为何让王献之一往情深?既然一往情深,为何又要分开?

二

"郎骑竹马来,绕床弄青梅。同居长干里,两小无嫌猜。"王献之和郗道茂,是真正的青梅竹马,两小无猜。

王献之出生于344年，母亲名叫郗璿；郗道茂出生于343年，父亲名叫郗昙，郗昙和郗璿是姐弟。

和琅琊王氏一样，郗家也是官宦世家。郗道茂的祖父名叫郗鉴，曾参与平定王敦之乱和苏峻之乱，与王导等功臣同受遗诏辅佐晋成帝，官至太尉，且工于书法。

郗道茂经常跟随父亲去王羲之家做客，姑姑、姑父都很喜欢她。王羲之有七个儿子，其中最小的儿子名叫王献之，和她年龄相仿。只要郗道茂去王家，王献之就特别开心，王家的庭院里久久回荡着她银铃般的笑声。

随着时光流逝，两人一天天长大。当年一起玩闹的小儿女，转眼都到了谈婚论嫁的年纪。郗道茂如出水芙蓉，亭亭玉立；王献之如山上青松，卓尔不凡。

360年春天，郗昙突然拿着一封书信，微笑着告诉郗道茂："女儿啊，你姑父来提亲了。"

原来，王献之向父母透露了他对郗道茂的爱慕之情，王羲之夫妇都很喜欢郗道茂，夸她"淑质直亮，确懿纯美"。

于是，王羲之向郗昙提亲，在信中问道："中郎女颇有所向不？今时婚对，自不可复得。"

王家、郗家门第相当，王献之和郗道茂年龄相仿，且又是亲上加亲，天下还有比这更完美的婚事吗？在郗昙的朗朗笑声中，郗道茂粉靥低垂，不胜娇羞地点了点头。

或许，早在"郎骑竹马来，绕床弄青梅"的年纪，爱情的种子就已在他俩心中悄然播下。如今，在双方父母的祝福中，有情人终成眷属。

三

婚后的生活自然是甜蜜的,但让王献之和郗道茂揪心的是,他们的父亲相继病倒了。两人求医问药,在病榻前尽心尽力服侍,但不到一年,王羲之和郗昙就先后离世了。

多少个不眠之夜,每每想起父亲的音容笑貌,郗道茂就伤心落泪。王献之对郗道茂的丧父之痛感同身受,紧紧拥她入怀,安慰她说:"无论世间有多少风雨,我都会护你周全。"

不久,郗道茂有了身孕,生下了一个粉雕玉琢的女儿。王献之满心欢喜,为女儿取名为王玉润,希望女儿像妈妈那样,如美玉般晶莹圆润、熠熠生辉。

郗道茂本就柔弱,加上分娩时伤了元气,身体愈发虚弱,渐渐有气血虚损之状。王献之很担心,求医问药,千方百计为爱妻调理身体。听说有种名叫地黄的野生植物有养血止血的功效,煎了喝下去最灵验,他当即如闻纶音,用他挥毫泼墨的手,亲自为爱妻煎药煲汤。

有一次,王献之写信给五哥王徽之,写完后摊在书案上,让墨迹自然晾干。郗道茂为王献之整理书案时,刚好看到了摊开的信笺,只见王献之用他那灵动飘逸的行草写道:"新妇服地黄汤来,似减。眠食尚未佳,忧悬不去心。"字里行间是对妻子满满的疼惜。

郗道茂不由眼眶一热，心里瞬间被一种幸福的味道填得满满的。有这样一位爱她、疼她、知她、懂她的夫君，她无疑是天下最幸福的女子。

四

王献之和郗道茂都以为，他们可以一直这样岁月静好下去。他们万万没有想到，在不久的将来，有个女子会闯入他们的婚姻，夺走他们的幸福。

这个女子，就是简文帝司马昱的女儿、孝武帝司马曜的姐姐、新安公主司马道福。

司马道福的具体出生年月，史书并无记载，据推测，大约出生于345年。

巧的是，360年，也就是王献之娶郗道茂的那一年，司马道福嫁给了大将军桓温的次子桓济。如果桓济不出事，就没有后来那么多事情了，偏偏桓济出事了。

373年8月，桓温死后，桓济怕大权落到叔父桓冲手上，就联合大哥桓熙、叔父桓秘，合谋杀掉叔父桓冲。事情败露后，桓冲将桓熙、桓济兄弟流放到长沙。桓济去长沙后，司马道福立马和他离婚，并看上了当时有"风流蕴藉，乃一时之冠"美誉的王献之，向当朝皇帝司马曜提出，她要招王献之为驸马。

消息传来，仿佛平地一声惊雷，将王献之和郗道茂彻底震住了。王献之紧紧拥妻子入怀，一字一句道，不用说他已经有了妻子,即使还没娶妻,也不可能去当驸马。这辈子,他的妻子只能是郗道茂一人!

听了王献之的肺腑之言,郗道茂既喜且忧,百感交集。喜的是,在皇家的泼天富贵面前,他丝毫不为所动,心里眼里只有她一人;忧的是,皇家毕竟是皇家,任凭他们王家、郗家再是世家大族,也皇命难违。如果公主铁定了心要招他为驸马,他该怎么办?她又该怎么办?

郗道茂忧心的事,到底还是发生了。

司马道福铁定了心要嫁给王献之,而且王献之越拒绝,她就越来劲。面对司马道福的无理取闹和威逼利诱,王献之坚决不肯妥协,郗道茂在王献之怀里默默流泪,不知该怎么办才好。

某晚,夜半时分,郗道茂一觉醒来,发现枕边空无一人。她心头一惊,忙披衣起床,走出卧室,一眼就看到王献之的书房里隐隐有火光跳跃。她忙奔了过去,推门而入,只见王献之正坐在一堆点燃的艾草旁,双脚都已脱去鞋袜,踩在烫人的艾草堆里,痛得脸上直冒冷汗……

郗道茂"哇"的一声哭了出来,发了疯似的飞奔过去,一把抱起王献之的双脚,看到脚底的血泡,她万箭穿心般地痛:"子敬,你太傻了!我不许你这样伤害自己!不许!"

王献之为了忍住疼痛,不叫出声来,嘴里紧紧咬了一块葛巾,如今看到郗道茂冲了进来,不由得也痛哭流涕:"道茂,让我亲手将自己毁掉吧,让我成为一个残疾人吧,只有这样,公主才会放过我啊!"

窗外，月明星稀，乌鹊南飞。屋内，他们紧紧相拥，任凭泪水在对方身上肆意流淌。老天爷，他们该怎么做，公主才能放过他们？

但是，王献之依然低估了司马道福，即使他自残双脚，她也不肯放过他。在司马道福看来，即使得不到王献之的心，也必须得到王献之的人。

不久，司马道福让皇帝司马曜下圣旨，强令王献之休妻再娶。从古到今，用圣旨逼迫人家离婚再娶的，恐怕只有司马曜一人，东晋皇帝何其荒唐！

当374年春天来临时，虽然春回大地，万物复苏，但对郗道茂和王献之来说，这个春天仿佛寒冬一般，寒彻心扉。

郗道茂不忍看到王献之继续自残，哭着说："子敬，答应我，不要再做傻事了，不要担心我，我会照顾好自己的。"

此时，王献之的双脚已经落下了病根，脚底不时传来一阵阵刺痛，但和他心里的痛相比，脚底这点痛又算得了什么？

"道茂，你让我如何离得开你？你叫我如何放心得下你？我答应过你，定要护你周全，我俩决不分开。"

"子敬，公主不会放过你的，更不会放过王家和郗家。事到如今，咱们别无选择了。"郗道茂从王献之怀中抬起头来，哽咽道，"从此以后，你就当我已经死了吧，你忘了我吧。"说完，就从王献之怀里挣脱出来，转过身子，掩面而泣。

王献之明白，此时此刻，说什么都那么苍白无力。郗道茂说得对，即使他可以抗争到底，但公主会放过他吗？会放过王家和郗家吗?答案显而易见,不会。

可怜一对有情人,最后被迫劳燕分飞,天各一方。

郗道茂挥泪告别王献之,王献之告诉她,如果有一天,公主肯放过他了,他就马上接她回家。

此时,郗昙已去世多年,郗道茂只好投奔伯父郗愔,在伯父家安顿了下来。

五

烛短遗憾长,故人自难忘。

王献之被迫和司马道福成亲后,心如死灰。司马道福虽然得到了王献之的人,却永远得不到王献之的心。王献之的心一直和郗道茂同在。

郗道茂本就柔弱,遭遇此劫后,身体更是一天天亏了下去。对她来说,她在世间唯一的慰藉,就是王献之写给她的信。

王献之写给她的第一封信是:"思恋,无往不至。省告,对之悲塞!未知何日复得奉见。何以喻此心!惟愿尽珍重理。迟此信反,复知动静。"这封信,被后人命名为《思恋帖》。

见字如面,短短三十九个字,如泣如诉,字字都是王献之对她的思恋与牵挂。

"我对你的思恋无处不在,我心中的悲哀充塞天地。不知何日才能与你再相见。不知怎样才能道出我的心意!只希望你能多多保重,早晚给我回个信,让我知道你的情况啊!"

看着王献之那一手优雅的行草,郗道茂情难自已、泪流满面。"何以喻此心",是他对自己无力对抗境遇的愤懑,也是无奈悲伤的自问,他的满腔深情都在这一颗心里了。

郗道茂想提笔回信,但还未落笔,眼泪就打湿了信笺。她知道,霸道如公主,怎能允许她给王献之写信?她的信,一定到不了王献之手中。

虽然郗道茂无法给王献之回信,但每隔一段时日,她就会收到王献之的来信。

王献之写给她的第二封信,被后人命名为《相迎帖》,比《思恋帖》更长。信中,王献之如此写道:"相迎终无复日,凄切在心,未尝暂掇。一日临坐,目想胜风。但有感恸,当复如何?常谓人之相得,古今洞尽此处,殆无恨于怀。但痛神理与此而穷耳。尽此感深,殆无寘处。常恨!况相遇之难,而乖其所同。省告,不觉泪流,既已往矣,亦复何言。献之。"

读到最后的"既已往矣,亦复何言",郗道茂不由失声痛哭。她明白,王献之是重情守诺之人,他一直想找机会来接她回家。然而,天不遂人愿,娶了公主后,他不但再无机会来接她回家,就连见个面都不可能了。

深情最是磨人,常把一生揉尽。郗道茂多么想告诉他,如果忘了她可以让他心里好受一些,那就忘了她吧。

不久,郗道茂收到了王献之写来的《姊性缠绵帖》。"姊性缠绵,触事殊当不可,献之方当长愁耳。"意思是:"你一向多愁善感,遇事就更纠结了,我为这个一直发愁啊。"

虽然只有寥寥数字，但世间最懂郗道茂者，唯有王献之。王献之担心她的身体，牵肠挂肚，日夜难安，字里行间都是忧思。

虽然郗道茂盼望有朝一日能和王献之重逢，但她的身体一日不如一日。376年，在郗道茂离开王献之两年后，她收到了王献之的又一封来信，被后人命名为《奉对帖》。"虽奉对积年，可以为尽日之欢。常苦不尽触类之畅，方欲与姊极当年之足，以之偕老。岂谓乖别至此，诸怀怅塞实深。当复何由日夕见姊耶。俯仰悲咽，实无已已，惟当绝气耳。"

在这封信里，王献之回忆了他和郗道茂一起度过的美好时光。那种"被酒莫惊春睡重，赌书消得泼茶香"的美好，深深烙印在了他们心中。李白是"相看两不厌，唯有敬亭山"，王献之是"久处不厌，只有爱妻"。他想要执子之手，与子偕老，谁知命运如此弄人，他无法和爱妻朝夕相守。何时才能和爱妻重逢？恐怕只能等到他断气那一天了！"惟当绝气耳"，是王献之的心声，也是郗道茂的心声。

收到《奉对帖》后不久，郗道茂走到了生命的尽头。她想忘了王献之，却永远忘不了，他俩仿佛已融为一体，成为彼此生命的一部分。在孤凄和悲凉中，她离开了这个不再值得她眷恋的人间。

六

当王献之辗转得知郗道茂病逝的噩耗时，悲痛欲绝。

这世间，人和人之间的结局只有两种，一是生离，二是死别。两年前，他和郗道茂生离，如今是死别。他一直期待有一天能和郗道茂团圆，如今只有到另一个世界才能团圆了。

从此，丧妻之痛和当年用艾草焚脚留下的伤痛，伴随了王献之的余生。他在给友人的很多书信中都提到了"脚中更急痛""脚及可痛气""尝惨痛悲灼"等。其实，王献之可以说出口的，是身上的痛；不能对外人言的，是他和郗道茂被迫分开后锥心刺骨的痛。

气质美如兰、才华馥比仙的郗道茂，是王献之心头永不褪色的朱砂痣。

公元386年，在郗道茂去世十年后，王献之也在万般怅悔中离开了人世，年仅四十三岁。

在另一个世界，郗道茂终于等来了王献之。在那个世界里，没有荒唐的圣旨，没有霸道的公主，再也没有什么力量可以分开他们了。

如果有来生，愿有岁月可回首，且以情深共白头。

有些远方,不必抵达

一

743年,一个秋风和煦的日子,王维驾舟从辋川的南垞出发,泛舟欹湖,前往北垞。

眼看快到北垞时,他却突然掉转船头,返回了南垞。事后,他写了一首题为《南垞》的诗:"轻舟南垞去,北垞淼难即。隔浦望人家,遥遥不相识。"

当他调转船头、不再想去北垞的那一刻,不知他想到了什么。

无独有偶。比王维早出生三百多年的王徽之,也曾在一个大雪纷飞的夜晚,坐船去看好友戴安道。天亮时分,眼看戴家近在咫尺时,他却突然打道回府。事后,有人为他为何如此,他不以为然道:"吾本乘兴而来,兴尽而返,何必见安道邪!"

二

王维和王徽之,虽然都姓王,却是不同的"王"。王徽之出身琅琊王氏,生活于五胡乱华的东晋乱世;王维出身太原王氏,生活于气象恢宏的大唐盛世。

表面上看,他俩生活的时代不同,成长环境不同,性格也很不同。王徽之是王羲之的第五个儿子,是王羲之众多儿子中最有才气的那一个。他恃才傲物,洒脱不羁,似乎天生就和礼教为敌,活成了名士中的名士;王维是家中长子,祖辈数代为官,他少年成名,二十出头就状元及第,温文尔雅,和周围的一切保持若有若无、恰到好处的距离,活成了君子中的君子。

然而,就是这样两个截然不同的人,却在人生的某个时刻,做出了同样的选择。莫非,他们骨子里原是一样的人?

三

王徽之的"吾本乘兴而来,兴尽而返,何必见安道邪",翻译成白话文,就是"我本是趁着一时兴致去的,兴致没有了就回来,为什么一定要见到戴安道呢?"

"乘兴而来,兴尽而返",是王徽之内心最真实的声音。对世人来说的"必须见到",在他这里却成了一句反问:"为什么一定要见到?"在他看来,并不是所有事情都必须有结果。

有些人，有些事，是可以不在乎结果的。比如，他对谢道韫的感情。

王徽之出生于338年，谢道韫大概出生于340年，王、谢两家是世交，王徽之和谢道韫从小相熟。王徽之自视甚高，一般人入不了他的眼，唯独对谢道韫，他似乎有一种莫名的好感。如果他心里有一根弦，那么谢道韫就是那个轻轻拨动他心弦的人。

353年三月初三，上巳节，时任会稽内史、右军将军的王羲之，邀请谢安、孙绰等四十一位好友在兰亭雅聚。作为东道主，王羲之带了王徽之等六个儿子参加。

这一年，谢道韫十四岁，快到及笄之年，谢安正在为谢道韫物色良人。一开始，谢安看中的是王徽之。王徽之的优点很鲜明——有才，但他的缺点和优点一样鲜明，那就是自由散漫、不拘礼数。有时候，才华是一柄双刃剑，太有才的人，往往伤人而不自知。谢安是过来人，在他看来，婚姻是两个人过日子，再大的才华，也抵不过举案齐眉、一世安稳。

而能给谢道韫一世安稳的，不是王徽之，而是王徽之的二哥王凝之。王凝之出生于334年，比王徽之大四岁，比谢道韫大六岁。

四

古代男子二十岁及冠，女子十五岁及笄，行了及冠、及笄礼后，便可婚配。

王羲之和谢安做主，354年冬天，王凝之娶了十五岁的谢道韫。此时，王徽之十七岁，尚未及冠。

当谢道韫成为王徽之的二嫂后，王徽之自然是难过的。然而，长幼有序，他只能将对谢道韫的爱慕，转换成对她的尊重。

有一次，谢道韫生病，王徽之听说后，赶紧给她写了一封信："得信，承嫂疾不减，忧灼，宁复可言。吾便欲往，恐不见汝等。湖水泛涨，不可渡，遂复隔绝。不然，寻已往彼。故遣疏知。吾远怀不具。徽之等告。"字里行间，关切之情溢于言表。

乍一看，写《承嫂病不减帖》的王徽之和雪夜访戴的王徽之，似乎不是同一个人，但仔细想想，其实又是相同的。王徽之的言行举止，遵从了自己的内心，和对方无关。比如，他喜欢谢道韫，但并不是非得让对方知道。虽然无缘成为夫妻，但他依然可以用他的方式，默默关心她，尊重她。比如，他雪夜坐船去看戴安道，但并不是非得让对方知道。他想见戴安道并付诸行动，那是他的事，和戴安道无关，因此不必让戴安道为他感动。

这是王徽之的潇洒，亦是一种智慧。

359年，在谢道韫嫁给王凝之五年后，王徽之娶了汝南梅氏。

五

743年春天，王维在长安附近的蓝田辋川购置了一处庄园，过起了"一屋、一人、三餐、四季"的日子。

辋川在蓝田县西南方向，是秦岭北部一个风光秀丽的川谷。

两岸山谷间，几条小河流向一个湖泊，从高处俯视，水流辐辏，如同车辋形状，故命名为辋川。

这里依山傍水，既有田野平旷，又有水波潋潋，身处其中，心无杂念，颇有陶渊明笔下的桃花源之妙。

在王维看来，他的家并不只是辋川别墅，而是整个辋川。辋川以欹湖为中心，在欹湖西北角，有两座山，王维称之为北垞、南垞。围绕欹湖，王维命名了白石滩、流浪、临湖亭、金屑泉、茱萸片、辛夷坞等景点。

可以说，辋川的一山一水、一草一木，在王维看来，都是有灵气的。

从此，除了上朝的日子，王维几乎都在辋川徜徉。对他来说，离开长安仿佛已经很久了，长安距离他已经很远了。

一个秋风和煦的日子，他和好友裴迪驾舟从南垞出发，泛舟欹湖，眼看快到北垞时，却掉转船头，返回了南垞。裴迪一脸不解，问他是不是效仿王徽之雪夜访戴兴尽而返的佳话，他只是微笑，并不回答。

其实，他并没有想效仿谁，只是当轻舟行至湖中时，他忽然觉得，有些地方未必要抵达，有些欲望未必要满足。有时候，远远地看着，反而更能生出淡淡的欢喜。

六

758年，王维写了五言律诗《终南别业》："中岁颇好道，晚家南山陲。兴来每独往，胜事空自知。行到水穷处，坐看云起时。偶然值林叟，谈笑无还期。"表面上，他在写独自信步漫游，走到水的尽头，坐下来看行云变幻，和山间老人谈谈笑笑，把回家的时间也忘了。其实，他在表达一种生命的状态。

如果说王维写"谁怜越女颜如玉，贫贱江头自浣纱"时，还在替"越女"得不到赏识而可惜，那么写"行到水穷处，坐看云起时"，他已经觉得，"自浣纱"本身就是一种自足的人生。至于别人是否认可或赏识，又有什么重要的呢？

对王徽之和王维来说，他们无意做入世的强者，也无意做出世的智者，他们只是想做自己而已。

只要内心是通透的，生活便不再起波澜。

三、大唐风流

出走一生，归来仍是少年

一

在最好的时代，遇见最好的自己，唐代诗人贺知章无疑做到了。

他生逢其时，见证了开元盛世的全貌；他仕途坦荡，先后在四任皇帝手下任职，且全身而退；他为人豁达，广交好友，他的朋友圈可以照亮大唐历史。比如，他和张若虚、张旭、包融并称"吴中四士"，他和李白、张旭、李适之等并称"饮中八仙"，他和司马承祯、陈子昂、孟浩然、李白、王维等并称"仙宗十友"。

可以说，从初唐到盛唐，贺知章活成了世人羡慕的模样。

二

贺知章是浙江历史上第一位有史料记载的状元。

史学界认为，科举制度萌发于南北朝时期，开始于隋朝，真正成型是在唐朝。唐朝的科举考试，分为地方和中央，地方是乡试，中央是省试和殿试。乡试第一名是"解元"，省试第一名是"省元"，殿试第一名是"状元"。

贺知章出生于659年，越州人氏，从小聪慧过人，以诗文闻名乡里，祖上是太子洗马贺德仁，家境也算殷实。可惜他七岁那年父亲病逝。他暗暗下定决心，要"学成文武艺，货与帝王家"，用科举改变命运。

在贺知章的青年时期，唐朝处于一个波谲云诡、风云变幻的时代。

683年12月，唐高宗李治驾崩，临终遗诏，太子李显于柩前即位，军国大事有不能裁决者，由天后（武则天）决定。从此，武则天一步一步从幕后走到了台前。690年9月，武则天登上则天门楼，改唐为周，正式称帝。

695年3月，武则天恢复了中断数年的科举考试。也正是在这一年，贺知章脱颖而出，一跃成为乙未科状元，被授予国子四门博士。想不到，贺知章在这个岗位上一干就是近二十年。

如果你为贺知章的"老不大"感到可惜，对不起，你错了，恰恰因为近二十年都在国子监工作，他才躲过了"神龙政变""唐隆政变""先天政变"等一场场突如其来的血腥政变。

先是705年正月，太子李显、宰相张柬之、崔玄暐等大臣在洛阳紫微城发动兵变，逼迫武则天退位，复辟唐朝，史称"神龙政变"。

710年7月,相王李旦的三子——临淄王李隆基,联合姑姑太平公主,交结禁军诸将葛福顺、陈玄礼等,诛杀韦后、安乐公主等,相王李旦复位,即唐睿宗,史称"唐隆政变"。

713年7月,李隆基发动"先天政变",率羽林军袭杀窦怀贞、萧至忠等太平公主党羽,赐死太平公主。太上皇李旦退居百福殿,不再过问政事,李隆基执掌天下。

从705年到713年,短短八年间,朝堂之上走马灯似的换了四位皇帝。从武则天到唐中宗,从唐睿宗到唐玄宗,武李之争、韦李之争,乃至李隆基与太平公主的"侄姑"之争,政治斗争何其凶险,何其复杂。身为其中的臣子,自然人人自危,稍有不慎,就全盘皆输,甚至死无葬身之地。

但贺知章呢?他在国子监一待就是二十年,躲过了腥风血雨,躲过了明枪暗箭,终于迎来了雨过天晴、风和日丽。

三

贺知章身上有一种大智慧。

自695年入仕以来,贺知章目睹了太多同僚的荣辱浮沉。

先说比他年长三岁的宋之问。宋之问出生于656年,才华横溢,写得一手好文章。690年,武后称帝,大唐天下成了大周天下。为了取悦武则天,宋之问极尽奉承之能事,常常以诗争宠。

一次,武则天游洛阳龙门,命群臣赋诗助兴。左史东方虬诗先成,武则天赐锦袍。宋之问不甘示弱,赶紧奉上"吾皇不事瑶池乐，时雨来观农扈春"，赢得武则天点头赞许，将赐给东方虬的锦袍转赐给他。

在武则天执政的十五年间，宋之问从九品跃升五品，自感"志事仅得，形骸两忘"。武则天去世后，他转而攀附武三思、安乐公主、太平公主等。712年，劣迹斑斑的宋之问被赐死于桂州（今广西桂林）。

对于宋之问的趋炎附势，贺知章心里是鄙夷的，即使明知前方有高官厚禄等着他，他也不屑于这样做。

再说和贺知章同龄的陈子昂，没错，就是那个写"前不见古人，后不见来者。念天地之悠悠，独怆然而涕下"的陈子昂。684年，陈子昂进士及第，被授予麟台正字，后升右拾遗，直言敢谏。武则天当政时，重用酷吏，滥杀无辜，陈子昂不畏强权，屡次上书劝谏。武则天计划开凿蜀山，经雅州道攻击生羌族，陈子昂上书反对，主张与民休息。最终，因"逆党"反对武后而被株连下狱。

698年，陈子昂父亲病逝。为父亲守丧期间，武三思指使梓州射洪（今属四川）县令罗织陈子昂的罪名，将他投入狱中。699年，陈子昂冤死狱中，年仅四十岁。

对于陈子昂的直言敢谏，贺知章心里是敬重的，但敬重归敬重，他不敢像陈子昂那样做。或许，从进入官场那一刻起，贺知章就深知官场险恶，他在心里告诫自己，不必羡慕别人升官，也不必在意被人冷落，既然无法兼济天下，那就独善其身吧。

四

在暗流汹涌、血雨腥风的朝堂，贺知章想让人忘了他的存在，但他的才华终究让人忘不了他。

722年，在韬光养晦二十多年后，贺知章终于迎来了属于他的机会。开启他人生高光时刻的，是唐玄宗李隆基。

时代选择了李隆基，李隆基也不负这个伟大的时代。自713年执掌天下以来，他奋发有为，励精图治，赶超曾祖父李世民开创的贞观之治，一手开创了属于他的开元盛世。

这是一个真正的盛世，不仅天下安定、万国来朝，而且经济繁荣、文化昌盛。

古往今来，都是盛世崇文。722年，李隆基决定编撰一部有史以来最全面的行政法典。

据《周礼·天官·大宰》记载："大宰之职，掌建邦之六典，以佐王治邦国：一曰治典，二曰教典，三曰礼典，四曰政典，五曰刑典，六曰事典，以富邦国，以任百官，以生万民。"李隆基根据《周礼》这段话，制定了治典、教典、礼典、政典、刑典、事典等六条纲目，并定书名为《唐六典》。

如此浩大的工程，李隆基交给皇家书院——丽正书院负责。丽正殿修书史张说顿感压力山大，急需增加人手，和秘书监徐坚商量，他俩不约而同想到了一个人——贺知章。

这时，距离贺知章695年状元及第，已经过去了二十七年。

贺知章早已不再是当年那个年富力强的状元郎，而是六十多岁的老头了。但是金子迟早都会发光，张说、徐坚一致认为，贺知章堪当此任。在他俩的联袂推荐下，贺知章顺利进入丽正书院，参与编撰《六典》。

对别人来说，六十多岁已是含饴弄孙的年纪，但对贺知章来说，他人生的高光时刻才刚开始。

五

锥处囊中，其末自现。在参与编撰《六典》过程中，贺知章的才华得到了充分展现。不久，贺知章从正七品的太常博士被提拔为正四品的太常少卿，又过了不久，调任礼部侍郎。

在礼部侍郎任上，贺知章的表现可圈可点，特别是725年秋天泰山封禅，贺知章让李隆基刮目相看。

"封"是祭天，"禅"是祭地，封禅一般只在改朝换代、江山易主，或者太平盛世、天降祥瑞时才能举行。古往今来，帝王们都将封禅视为毕生最高荣耀，借封禅向天下宣扬文治武功、国泰民安。

在李隆基之前，只有秦始皇、汉武帝、汉光武帝、唐高宗登临泰山，封禅天下。唐太宗李世民虽然文治武功彪炳史册，却因种种原因未到泰山封禅，抱憾终生。

725年秋天，李隆基自认他一手开创的开元盛世足可告慰天地，决定效仿祖父唐高宗，前往泰山封禅。

泰山封禅百年难遇，各项礼仪、规制分外严谨，身为礼部侍郎，贺知章责任重大。别的不说，单说封禅过程中各种场合用哪些礼乐，就很有讲究。比如，迎神时用什么礼乐？献玉帛时用什么礼乐？仪式结束下山时用什么礼乐？

贺知章借鉴前朝帝王封禅时用的礼乐，再结合李隆基的喜好，创作了《唐禅社首乐章·太和》《唐禅社首乐章·顺和》《唐禅社首乐章·肃和》等七首礼乐，每一首都得到了李隆基的肯定。对读书人来说，这是比封侯拜相更高的荣耀。

封禅大典结束后，李隆基封赏百官，贺知章被授予集贤院学士，并担任太子右庶子，陪太子读书。

六

古往今来，帝王和太子的关系素来微妙。一方面，帝王希望太子能堪当重任，能顺利守住祖宗打下的江山；另一方面，帝王又不希望太子太能干，尤其忌讳太子有野心，以免危及帝王的统治。因此，帝王为太子挑选老师时，总是要斟酌一番。

李隆基对贺知章无疑是满意的。从725年至744年，在将近二十年中，李隆基让贺知章先后担任过两个太子的老师。

先是太子李瑛。李瑛并非李隆基的嫡长子，虽于715年被立为太子，但地位并不稳固。737年，在李隆基最宠爱的武惠妃的挑拨离间下，李瑛先被废为庶人，继而被赐死。

李瑛死后，李亨成为太子。按理，前太子被赐死，身为前太子的老师，贺知章也会受到牵连。然而，贺知章不仅没有受到牵连，还继续担任李亨的老师。从中可以看出，李隆基对贺知章的人品、才学都极为认可。

明白人都知道，一旦太子登基，太子的老师必定飞黄腾达。身为两任太子的老师，贺知章无疑功成名就。

738年，将近八十岁的贺知章得到了一个新的职务——银青光禄大夫兼正授秘书监，正三品。秘书监掌管国家的藏书和图书校对等。从此，人们称呼他为"贺秘监"。

七

一般来说，在官场浸淫久了，难免容易戴着面具做人，久而久之，就会忘了真面目，丢了真性情，变成一个无趣的人，贺知章却是个例外。他为官五十年，不改真性情，活出了最真实的人间烟火气。他最引以为傲的头衔，或许不是"贺秘监"，而是"饮中八仙"。

"饮中八仙"何许人也？除了贺知章，还有斗酒十千、狂歌豪饮的大唐诗人李白，是大唐"草书第一人"张旭，是唐太宗的曾孙、李承乾的孙子李适之，是李隆基的大哥李宪的嫡长子李琎，是宰相崔日用的儿子崔宗之，是吏部侍郎苏晋，是布衣焦遂。这八人中，当属贺知章年纪最大。

很多年后，杜甫曾写过一首《饮中八仙歌》，用谐谑欢快的笔调描写了贺知章、李琎、李适之、崔宗之、苏晋、李白、张旭、焦遂等八位"酒仙"的醉态和醉趣。比如，形容贺知章的醉态是"知章骑马似乘船，眼花落井水底眠"，形容李白的醉态是"李白一斗诗百篇，长安市上酒家眠，天子呼来不上船，自称臣是酒中仙"，形容张旭的醉态是"张旭三杯草圣传，脱帽露顶王公前，挥毫落纸如云烟"……

都说物以类聚、人以群分，八十多岁的贺知章，和比他小几十岁的李白、张旭等人一起喝酒时，不仅毫无违和感，还喝成了一片。他们虽然出身不同、经历不同、年龄不同，但那种豪迈和旷达，何其相似！

很多年后，李白回忆他在长安的快乐时光，以及和他一起度过快乐时光的好友，写下了《对酒忆贺监二首》，字里行间是对贺知章的满满怀念："四明有狂客，风流贺季真。长安一相见，呼我谪仙人。昔好杯中物，翻为松下尘。金龟换酒处，却忆泪沾巾。"

李白很少流泪，却因想起贺知章用金龟换酒的往事，不由得潸然泪下。他们虽然相差四十二岁，却一见如故。贺知章一口气读完《蜀道难》，一脸惊喜，连连感叹："公非人世之人，莫非太白星精耶？"从此，李白有了"谪仙人"的雅号。

对李白来说，贺知章是这世上为数不多的真正懂他的人。

八

744年初春，八十多岁的贺知章决定离开长安，告老还乡。

很多人不理解，在朝中稳如泰山的贺知章，为何执意离开？但通透如贺知章，比任何人都明白，随着李隆基和李亨父子矛盾的日益加剧，身为太子老师的他，三十六计，走为上计，离开是最好的选择。

试想，如果他不离开，当李隆基和李亨剑拔弩张、针锋相对时，他该站在哪一边？清官尚且难断家务事，更何况帝王家的权力斗争？古往今来，凡是权力斗争，就没有是非对错，只有成王败寇。

于是，贺知章离开了繁花似锦的长安，回到了阔别大半辈子的越州。没有对权力的依依不舍，没有对长安的牵肠挂肚，只有逃离权力斗争后的如释重负。千里迢迢，当他只身一人回到越州时，他早就将曾经的荣耀留在了长安，留在了过去。

村口，有黄毛小儿跑过来问他："老爷爷，您是谁，您从哪里来啊？"

他笑着俯下身子，乐呵呵地笑道："孩子，老夫就是这里人啊，只是很小的时候就出远门了。不过，现在又回来了！"

他只字不提曾经的荣耀，也没有丝毫对权力的眷恋。对他来说，宦海已是浮云，那个"少小离家"的他，终于在"老大"时回到了故土。不管世事如何变迁，他依然还是那个贺家老八，他家门前的镜湖水也依然"春风不改旧时波"。

出走一生，归来仍是少年，贺知章真的做到了。

爱到极处，是放手

一

她出生于692年，是武则天的孙女，唐睿宗李旦的女儿，唐玄宗李隆基的同母妹妹，人称玉真公主。

她出生不到一年，生母窦德妃就被武则天秘密赐死。她的童年，是在残酷的宫廷斗争中度过的。她从小就耳闻目睹了祖母武则天、姑姑太平公主、伯母韦后、堂姊安乐公主血腥的宫廷斗争和权力厮杀。

711年，她远离权力斗争，出家为道。

762年3月，当辛夷花在山涧默默绽放时，她走完了不长不短的一生，安葬于长安万年县宁安里凤栖原。

值得一提的是，为她撰写墓志铭的人，是门下侍郎王缙。

大家不一定知道王缙，却一定知道他的哥哥、一代"诗佛"王维。在唐人编撰的《集异记》、宋人编撰的《太平广记》中，多有提到玉真公主和王维的故事,而她和王缙之间,似乎没有什么交集。那么,她的墓志铭是否出自王维之手?背后是否另有隐情?

随着当事人的去世,历史的真相早已湮没在时光深处,再也无人知晓。不知为何,我却执拗地想知道,她和王维之间到底曾经发生过什么?

故事,就从她和王维的第一次见面开始吧。

二

玉真公主虽然出家为道,但在长安的文人圈是神一般的存在。这不仅因为玉真公主多才多艺,写得一手好字,弹得一手好琴,是古琴高手司马承祯的得意弟子,更因为她是李隆基的同胞妹妹,备受李隆基疼爱,在李隆基面前很说得上话。

因此,每年春闱前,来玉真观登门拜访的士子络绎不绝。若能有幸得到玉真公主赏识,以及她在皇上那儿的举荐,夺魁也就十拿九稳了。

719年春天,玉真公主同父异母的哥哥——岐王李范带了一个意气风发的年轻人来玉真观,此人就是王维。这一年,王维十八岁。

王维出身于太原王氏,这是大唐五大望族之一。其祖父王胄曾任朝廷的协律郎,掌管调正各种律吕,尤其擅长琵琶,被誉为"国手第一"。

以王维的才华，即使是在高手如云的大唐盛世，他也是可以傲视群雄的。他是一个罕见的全能天才，诗、书、画、乐，无一不精，无一不通。

这天，在岐王的大力推荐下，"妙年洁白、风姿都美"的王维，在玉真公主面前弹了一曲他创作的琵琶曲《郁轮袍》。当时而清越高亢、时而如泣如诉的旋律从王维指间缓缓流出时，阅人无数的玉真公主不由得怔住了，一曲终了，依然久久回不过神来。她在心底惊叹，王维拨动的，岂止是他手中的琵琶，更是她沉寂了多年的心弦！那一瞬间，她忽然觉得，她过去的二十多年人生是有遗憾的。

和世间所有女子一样，她也渴望爱和被爱，但这二十多年来，还没有人能真正走入她的内心。

王维，让她第一次有了怦然心动的感觉。

三

721年春天，王维金榜题名，官授太乐丞。这一年，距离玉真公主出家为道刚好整整十年。

曾经，她因为厌倦皇家的权力斗争，决然出家；如今，因为王维，她想重返红尘，和他共度余生。但她忘了最重要的一点：王维愿意吗？

她以为，王维会和天下人一样，在荣华富贵面前定然趋之若鹜。命运却和她开了一个玩笑，王维偏偏和世人不一样。

金榜题名后的王维，无心眷恋长安的一花一木。他心心念念的是赶往河北定州，迎娶他的未婚妻崔氏。

在唐朝的世家大族中，当属五姓七望最为有名，他们是陇西李氏、赵郡李氏、博陵崔氏、清河崔氏、范阳卢氏、荥阳郑氏、太原王氏。崔氏出身于博陵崔氏，是名门闺秀。崔氏有个弟弟，名叫崔兴宗，和王维有多首诗词往来，他们是一生的至交好友。

我们不知道王维和崔氏是如何相识相爱的，但可以肯定的是，王维很爱崔氏。他和崔氏成亲后，先后定居济州、淇上，这期间写了很多山水田园诗。从《淇上田园即事》的"屏居淇水上，东野旷无山。日隐桑柘外，河明闾井间"到《鸟鸣涧》的"人闲桂花落，夜静春山空。月出惊山鸟，时鸣春涧中"，都透着心静如水的安宁和笃定。这样的安宁和笃定，只有幸福的人才写得出来。

四

那么，当王维拒绝成为驸马，坚持要娶崔氏为妻时，面对王维的"不领情"，玉真公主会怎么想，怎么办？

在世人眼里，她贵为公主，这世上没有什么是她想要而要不到的东西。但是，造化弄人，偏偏让她在一个错误的时间，遇见了早已心有所属的王维。即使她贵为公主，也拿他没有办法。不，不是拿他没有"办法"，而是不舍得对他有"办法"。

她深知强扭的瓜不甜，也清楚以王维的性格，即使让皇兄强行赐婚，也只能得到他的人，得不到他的心。而她要的，无非是像世间其他女子那样，不求被天下人宠爱，只求一生是一个人的例外。再多人喜欢你，也比不上你喜欢的人刚好也喜欢你。

我们并不清楚王维和崔氏具体成亲于何时，只知道721年秋天，因为"黄狮子舞事件"，王维被贬离长安，到山东济州担任司仓参军。

我们无法考证王维这次贬官，是否和王维拒绝玉真公主有关，但有一点是肯定的，玉真公主并没有用皇权强行拆散王维和崔氏，王维娶了崔氏，而她选择了放手。

五

玉真公主以为，她和王维今生不会再见。不料，728年，王维的妻子崔氏去世。729年，王维重返长安。

玉真公主以为，她八年前选择放手，可以忘了王维。但得知王维重返长安时，她才发现，她根本无法忘记王维，王维一直都在她心里。这一次，她不想再放手。

她以为，王维会像所有男子那样，丧妻一年半载后，自然就会续弦。然而，王维的选择，再次出乎她的意料。

当她想再次招王维为驸马时，王维的答案却是哀莫大于心死，这辈子，他已无意再娶。她无论如何都不相信，王维才三十出头，怎么可能不再娶妻？于是，她撂下一句狠话："除非你这辈子不再娶妻，若要娶妻，只能是我。"她不相信王维真的不再娶妻，但事实上，王维真的做到了。

据《旧唐书·王维传》记载："（王维）妻亡不再娶，三十年孤居一室，屏绝尘累。"王维将"孤居一室，屏绝尘累"的地点，选在长安附近的蓝田辋川。不上朝的日子，他大部分时间都在辋川度过。

她不知道，王维这样有意远离长安，是不是为了远离她？

六

辋川是秦岭北部一个风光秀丽的川谷，几条小河流向一个湖泊，从高处俯视，水流辐辏，如同车辋形状，故名为辋川。辋川别墅原来的主人是初唐诗人宋之问，宋之问去世后，由他弟弟宋之悌打理。宋之悌去世后，家人将宅子卖给了王维。在王维看来，辋川的一山一水、一草一木，各有其美，美美与共。

743年秋天，王维和好友裴迪漫步辋川，各写二十首五绝，编成诗集《辋川集》。

王维在《辋川集》开篇写道："余别业在辋川山谷，其游止有孟城坳、华子冈、文杏馆、斤竹岭、鹿柴、木兰柴、茱萸、宫槐陌、临湖亭、南垞、欹湖、柳浪、栾家濑、金屑泉、白石滩、北垞、竹里馆、辛夷坞、漆园、椒园等，与裴迪闲暇，各赋绝句云尔。"

翻开《辋川集》，字里行间，都是云淡风轻——

《鹿柴》："空山不见人，但闻人语响。返景入深林，复照青苔上。"

《竹里馆》:"独坐幽篁里,弹琴复长啸。深林人不知,明月来相照。"

《辛夷坞》:"木末芙蓉花,山中发红萼。涧户寂无人,纷纷开且落。"

……

七

王维有意远离长安诗坛,但长安诗坛不会忘记王维。不久,《辋川集》在长安诗坛广为流传。

当玉真公主看到《辋川集》时,不知会是怎样的心情。以玉真公主对王维的了解,在她看来,这二十首诗,与其说是在写辋川风光,不如说在写他的内心世界。心如止水,或许是因为曾经波澜壮阔过。若非经历大风大浪,怎知风平浪静的可贵?心如死灰,或许是因为曾经熊熊燃烧过。若非轰轰烈烈,怎会有真正的灰烬?

从年纪轻轻就状元及第,一时风光无限,到后来经历贬官、丧妻等一连串打击,再到如今隐居辋川,王维的前半生,是功成名就,享尽繁华;他的后半生,是寄情山水,与佛结缘。从入世到出世,从繁华到幻灭,并非隔着千重山、万道水,而只是硬币的两面,咫尺的天涯。

玉真公主掩卷沉思,长长叹了一口气,她以为她够坚决,不料王维比她更决绝。她不得不相信，王维真的可以说到做到。

八

如果没有那场彻底改变大唐命运的安史之乱，如果王维不被安禄山强迫担任伪职，玉真公主和王维可能就像两条平行线，此生再无交集。然而，命运注定让他们再次相逢。

755年，安史之乱爆发，李隆基带着杨玉环仓皇逃离长安城。很多年后，唐朝诗人白居易在《长恨歌》中这样形容："渔阳鼙鼓动地来，惊破霓裳羽衣曲。九重城阙烟尘生，千乘万骑西南行。"

李隆基离开了长安，但一大批臣子来不及离开，留在了长安，王维也在其中。混乱中，他被叛军捕获，关在洛阳菩施寺中，被迫担任伪官。

据《旧唐书·王维传》记载："禄山陷两京，玄宗出幸，维扈从不及，为贼所得。维服药取痢伪称瘖病。禄山素怜之，遣人迎置洛阳，拘于普施寺，迫以伪署。"王维的痛苦，唯明月可鉴。

757年秋天，唐军相继收复长安、洛阳。唐肃宗李亨下令，凡是在安禄山手下担任伪官的大唐官员，都被捕入狱，情节严重者，斩首示众。

当王维生死悬于一线之际，除了他弟弟王缙愿意用自己的军功为哥哥赎罪外，玉真公主很可能也以姑姑的身份向唐肃宗李亨求情。

当然，我们无法考证玉真公主是否向李亨求情，我只是觉得，以玉真公主对王维的深爱，她定是愿意向李亨求情的。

758年初春，王维被免除死罪，重获新生。

九

我们已经无法考证，王维出狱后，是否和玉真公主见过面，但我执拗地认为，他们应该是见过面的。而且，正是在这次见面时，王维主动提出为玉真公主写百年后的墓志铭。

关于这次重逢，我脑海里有这样一幅画面：758年秋天，玉真公主来蓝田辋川看望王维。千山万水相聚于一瞬，千言万语就在一个眼神。她静静地凝视着他，恍惚之间，仿佛昨天刚刚认识，又仿佛已经认识了一生。刹那间，无数前尘往事纷纷涌上心头。她想起了719年春天他们初见时的情景。转眼之间，四十年过去了。对很多人来说，四十年就是漫长的一生，足以改变很多人、很多事。李家皇朝的执政者，已经从李隆基换为李亨，大唐的年号已经从开元、天宝改为至德、乾元。然而，她眼前的王维，似乎没有多大改变。

苦难并未击垮他，相反，经过岁月的洗礼，纵然眼角添了皱纹，鬓间多了白发，可那份温润如玉的光泽，并未随着时光流逝而消失，反而被岁月磨砺得愈发气度高华。在他身后，那片被秋光染成金色的原野正在群山环抱间舒展开来，山顶时有白云飘过，宛如一幅流动的画卷。

他静静地站在那里，落日的余晖照在他的脸上，将他唇角的微笑和眼底的温暖照得清清楚楚。他不用开口说话，便已光华无限。

这样的光华，她只在皇兄李隆基身上看见过。他们都是音乐天才，都有异乎常人的禀赋，都是天生的发光体。或许，正因如此，李隆基一生都不待见王维，让他碌碌无为、蹉跎一生。当然，这其中也有她的缘故。王维一次一次拒绝她、伤害她，皇兄怎会待见他？

秋风萧瑟，落叶纷飞，千言万语涌上心头，最后轻轻吐出的却只是："摩诘，珍重。"

看着玉真公主两鬓隐约可见的白发，王维不由得百感交集。在爱情这件事上，玉真公主比他想象的坚韧得多、执着得多。无论他怎样逃离她、躲避她、伤害她，她都不曾忘记他。当他身处险境时，她奋不顾身地向他伸出援手，救他于危难之中。玉真公主不就像他笔下那朵即使无人欣赏也不放弃绽放的辛夷花吗？对于这样一朵为爱执着的辛夷花，任他再是铁石心肠，也实在无法无动于衷。

王维明白，这很可能是他们最后一次见面，有些话再不说，就永远没有机会说了。于是，他压下心头的纷纷思绪，目光笃定地看着她，告诉她，这辈子，他终究是欠了她。他愿为她做最后一件事，也是今生唯一一件事——百年之后，她的碑铭，他愿亲手执笔。

玉真公主听到这句话，一定听懂了王维话里话外的全部含义。这一生，她深深地爱过他，怨过他，恨过他，但此时此刻，那些曾经的怨与恨都已随风逝去，消融在广袤无垠的天地之间。

这一刻，她可以真正释怀了。

十

天意弄人。761年7月，王维病逝。临终前，他信守诺言，为玉真公主写好碑铭，并交代弟弟王缙，待玉真公主百年之后，以王缙的名义送呈公主的身边人。

762年3月，玉真公主也了无牵挂地离开了这个让她不再有任何眷恋的尘世。她的墓碑上，有一篇文采斐然的墓志铭。落款处是王缙。

随着他们的去世，所有的爱恨情仇，都已尘归尘、土归土。对玉真公主来说，王维是她千帆过尽的欢喜，是她踏遍山河的值得。她曾如此渴望和他在一起，但因为他一次次拒绝、一次次逃离，她最终选择了放手。在爱情的世界里，不知这是对还是错。

真正的成熟，是喜欢的东西依旧喜欢，但可以不拥有；害怕的东西依旧害怕，但可以去面对。

在经历了那么多人、那么多事后，在生命的尽头，她终于遇见了懂得。

这一生，无论悲喜，人间值得。

那道流星划过的光

一

他的生命,如流星划过夜空,尚未开始,便已悄然结束。

世人还没从他的惊人才华中回过神来,他已匆匆离去,挥一挥衣袖,不带走一片云彩。在电光火石的刹那间,他完成了一生的使命。寿终正寝,颐养天年,似乎并不在他的人生字典里。

从生命长度来看,他如昙花一现,但从生命价值来看,他已获得永生。

他就是唐朝天才诗人李贺,去世时年仅二十六岁。

二

李贺出生于790年,字长吉,祖籍陇西,河南府福昌县昌谷乡(今河南省宜阳县)人。

此时的大唐,经历了长达八年的安史之乱,早已不再是气象万千的盛唐，而是五味杂陈的中唐。李贺的远祖是唐高祖李渊的叔父李亮（大郑王），属于大唐宗室的远支。武则天执政时，大量杀戮李唐子孙，到李贺的父亲李晋肃时，他们这一支早已世远名微，家道中落，隐沦昌谷。

说起来，李晋肃还是杜甫的表弟。768年秋天，李晋肃去蜀中任职，与表兄杜甫相遇于湖北公安。临别时，杜甫写下了《公安送李二十九弟晋肃入蜀，余下沔鄂》，送别李晋肃。

开头"正解柴桑缆，仍看蜀道行。檣乌相背发，塞雁一行鸣"，写出了"我们的船只即将相背远离，天上的雁群也为此悲鸣"的画面，饱含杜甫对李晋肃的依依惜别之情。这一年，杜甫五十六岁。两年后，即770年，杜甫去世。又过了二十年，即790年，李贺出生。

792年，李晋肃稍得升迁，任河南陕县县令。

三

李贺自幼体形细瘦，才思聪颖，七岁就能写诗。他喜欢骑一头小毛驴，一个人在山间行走，直到天黑了才回来。白日骑驴觅句，夜晚探囊整理，焚膏继晷，十分刻苦。

李贺对自己有李唐宗室高贵血统十分自豪，笔下一再提起，如"唐诸王孙李长吉""宗孙不调为谁怜""为谒皇孙请曹植"等。

807年，小有名气的李贺，带着诗稿前往长安，拜访当时的文坛领袖韩愈。

初生牛犊不怕虎，李贺用一首《雁门太守行》让韩愈击节赞叹。韩愈当时致力于推广古文运动，对李贺赏识有加，鼎力推荐这位后起之秀。

就在李贺即将在长安诗坛冉冉升起时，父亲病故，他不得不回家守丧三年。

三年间，韩愈一直没有忘记李贺，多次写信鼓励李贺坚持创作。

809年，身为都官员外郎的韩愈，带着得意弟子、担任侍御史的皇甫湜特来看望李贺。闲聊中，韩愈让李贺即景赋诗。李贺略一思索，写下了一首《高轩过》。诗作以"韩员外愈、皇甫侍御湜见过，因而命作"开篇，以"我今垂翅附冥鸿，他日不羞蛇作龙"结尾，先写了韩愈、皇甫湜二人的气派，再赞颂二人的学识和文名，最后写自己的处境与抱负，一气呵成，跌宕多姿，颇似韩愈的诗风。

四

810年初冬，三年期满的李贺参加房式主持、韩愈参与组织的河南府试，以《河南府试十二月乐词并闰月》一举通过，年底赴长安应进士举。

然而，或许因为李贺的才华过于耀眼，或许李贺因被韩愈赏识而引起了别人的关注，有人嫉妒李贺，放出流言，说李贺的父亲名"晋肃"，"晋""进"同音，李贺不得参加进士考试，否则就是对亡父的大不敬。

虽然韩愈"质之于律""稽之于典",为李贺辩解,但最终依然无法让李贺走进试院,李贺不得不离开长安,回到昌谷,写下了不少抒愤之诗。

不久,韩愈调为河南令,写了一首《燕河南府秀才》,诗中有"惟求文章写,不敢妒与争",就是感怀此前李贺的不幸遭遇,诫勉本届考生。

811年5月,身为李唐宗室的后裔,又有韩愈的推荐,李贺再次来到长安,以门荫入仕,授奉礼郎(唐代官名,属太常寺,从九品)。

五

自从天宝末年爆发安史之乱,唐王朝一蹶不振。唐宪宗虽号称"中兴之主",但事实上,他在位期间,藩镇叛乱此伏彼起,西北边陲烽火屡惊,国土沦丧,满目疮痍,李唐贵族也早已没落衰微。

面对这严酷的现实,李贺的心情很不平静。他盼望建功立业,重振国威,光耀门楣,恢复宗室地位。

然而,理想很丰满,现实很骨感。李贺在长安的所见所闻,无不是贪官污吏的横行不法、贵族官僚的腐朽骄奢、宦官集团的乱政无能、藩镇割据的祸国殃民……他仕进无望,报国无门,"憔悴如刍狗",满腔悲愤化为豪情,用如椽大笔写下了《汉唐姬饮酒歌》《仙人》《昆仑使者》《神弦》《苦昼短》《秦王饮酒》等五十多首反映现实、鞭挞黑暗的诗作,被清代文人姚文燮评价为"深刺当世之弊,切中当世之隐"。他在中唐诗坛乃至整个唐代文坛的地位,就是这一时期的诗作奠定的。

不愿同流合污的李贺,在官场的际遇可想而知。用他自己的话说,就是"牢落长安"。在给友人陈商的诗作中,他这样写道:"长安有男儿,二十心已朽。"

813年春,由于迁调无望,功名无成,加之发妻不幸病亡,李贺哀愤孤激之情日深,告病回乡,在昌谷休养了一段时日。

814年,他决然辞去奉礼郎之职,回到昌谷,但他又不甘心就此放弃人生。这年秋天,在韩愈的侄女婿张彻的举荐下,李贺辗转来到潞州(今山西省长治市),担任昭义军节度使郗士美的幕僚,试图通过参军来建功立业。

816年,因北方藩镇跋扈,分裂势力猖獗,郗士美讨叛无功,告病回到洛阳,张彻也抽身回到长安。李贺再次走投无路,只得强撑病躯,在落寞中回到昌谷。

到家后,他的病日益严重,咳嗽不止,高烧不退。李贺笔下频繁出现鬼灯、秋坟、衰兰、腐草、冷烛、寒蟾等字眼。这样的文字,好像是他写给自己的祭文,在凄美中透着凄凉,让人心惊不已。

不久,李贺病卒,年仅二十六岁。

六

纵观李贺一生的诗作,他笔下饱含深情,既有对理想抱负的追求,也有对藩镇割据、宦官专权、社会剥削的沉重叹息。他是中唐至晚唐诗风转变期的代表人物,善于引用神话传说,托古寓今,想象丰富,被后人誉为"诗鬼"。

他是继屈原、李白之后中国文学史上又一位天才级的浪漫主义诗人,与李白、李商隐称为"唐代三李",与"诗仙"李白、"诗圣"杜甫、"诗佛"王维齐名,有"太白仙才,长吉鬼才"之誉。

他向大唐诗坛贡献了"黑云压城城欲摧""雄鸡一声天下白""天若有情天亦老"等千古佳句,至今脍炙人口。

"天若有情天亦老"出自李贺的《金铜仙人辞汉歌》。当时,李贺因病辞去奉礼郎职务,由长安前往洛阳,心中交织着家国之痛、身世之悲,"百感交并,故作非非想,寄其悲于金铜仙人耳",写下了《金铜仙人辞汉歌》。

金铜仙人建于汉武帝时期,矗立在长安的神明台上,"高二十丈,大十围",异常雄伟。233年(魏明帝景初元年),它被拆离汉宫,运往洛阳,后因"重不可致"而被留在霸城。

可以说,金铜仙人是刘汉王朝由盛到衰的见证人,李贺借金铜仙人的"潸然泪下",写出了刘汉王朝的亡国之痛。不知李贺写此诗时,是否想到了李唐王朝几十年后也将遭遇亡国之痛。

一句"衰兰送客咸阳道,天若有情天亦老",意境辽远,感情深沉,被北宋司马光誉为"奇绝无双"。

七

虽然李贺英年早逝,但他的"天若有情天亦老"一直留在人间。自宋代以来,很多文人雅士以此为上联,以求下联。

据《蓼花州闲录》记载,宋初石延年以"天若有情天亦老"为上联,对出下句"月如无恨月长圆"。

宋代的孙洙在《何满子·秋怨》里写道:"黄叶无风自落,秋云不雨常阴。天若有情天亦老,摇摇幽恨难禁。惆怅旧欢如梦,觉来无处追寻。"

"唐宋八大家"之一的欧阳修在《减字木兰花》中写道:"伤怀离抱,天若有情天亦老。此意如何,细似轻丝渺似波。"

宋末的元好问在《蝶恋花》中写道:"天若有情天亦老,世间原只无情好。"

清末民初的沈曾植在《金缕曲》中写道:"天若有情天亦老,目瞬华萎难认。"

在诸多后人的引用中,属毛泽东在《七律·人民解放军占领南京》中的引用最为豪迈:"天若有情天亦老,人间正道是沧桑。"毛泽东的诗词有"湖海荡波澜,全无斧凿痕"之美誉,这句"天若有情天亦老"原封不动取自古人之作,可见他对李贺这千古佳句的由衷喜欢。

这一切，李贺若能知道，定会万分欣慰。

回首东风泪满衣

一

她和唐代才女李冶、薛涛、鱼玄机,并称唐朝四大女诗人。她天生一副金嗓子,一开口就是"歌声彻云,绕梁三日而不绝"。她就是唐朝越州女子刘采春。

这一生,刘采春拥有过无数在舞台上的高光时刻,最终却在无尽的懊悔中结束余生。

如果时光可以倒流,不知她是否希望此生从未认识元稹。

或许她到死都说不清,这一生,认识元稹这个男人,是幸还是不幸?

二

关于刘采春的生卒年,史料并未记载。据推测,她出生于799年前后,家境贫寒,迫于生计,只好小小年纪就加入戏班。

或许是老天爷赏饭吃,她从小就是美人坯子,长大后更是出落得明眸皓齿、亭亭玉立,而且歌喉清亮,婉转动听,让人一见倾心、一听动心。

到了十五六岁,她嫁给了同一个戏班的周季崇。他俩青梅竹马,一起在戏班长大。

周季崇擅长参军戏。参军戏起源于东晋十六国时期。当时,后赵的石勒因一担任参军的官员贪污,命一艺人扮成参军,另一艺人从旁戏弄,由此成为一种表演形式。被戏弄的称"参军",戏弄他的称"苍鹘",两个角色之间的对话和表演都很滑稽,有点类似今天的相声或滑稽戏,在唐代很盛行。

一开始,周季崇和他哥哥周季南一起演出,一个逗哏,一个捧哏,滑稽诙谐。后来,刘采春也参与其中。他们三人组成家庭戏班,辗转各地演出,渐渐声名鹊起,名扬江南。尤其是刘采春,不但戏演得好,歌唱得更好。她的声音如百灵鸟般柔美动听,只要她登台唱歌,观众就从四面八方赶来观看,现场人头攒动,很热闹。

刘采春特别擅长演唱悲情的歌曲。当她唱到动情处时,观众无不泪流满面。据说,刘采春的成名曲是《望夫歌》。《望夫歌》也称《啰唝曲》,"啰唝"相当于"来罗",是江南地区的方言,有盼望远行人回来之意,抒发妻子对丈夫的思念,深受商人妇们的喜爱。

在唐代,江南的商业很发达,大量商人长期漂泊在外,奔波四方,有家而不能归。商人的妻子留守家中,赡养老人,养育儿女，操持家务，其中的艰辛和孤独又有谁知？于是，听刘采春唱歌，成了商人妇们的情感寄托。

刘采春的《望夫歌》共有一百二十首，清代编纂的《全唐诗》共收录六首，署名都是刘采春，内容如下——

其一：不喜秦淮水，生憎江上船。载儿夫婿去，经岁又经年。

其二：借问东园柳，枯来得几年？自无枝叶分，莫怨太阳偏。

其三：莫作商人妇，金钗当卜钱。朝朝江口望，错认几人船。

其四：那年离别日，只道住桐庐。桐庐人不见，今得广州书。

其五：昨日胜今日，今年老去年。黄河清有日，白发黑无缘。

其六：昨日北风寒，牵船浦里安。潮来打缆断，摇橹始知难。

据说，当时的江南地区，只要刘采春的《望夫歌》一响起，台下的大姑娘、小媳妇，甚至路边的行人，都会愁肠百结，泪水涟涟。刘采春渐渐成了商人妇们的代言人。

三

当刘采春扬名越州时，越州来了一位潇洒倜傥的官员，他就是浙东观察使兼越州刺史元稹。

元稹出生于779年，比刘采春年长二十岁。元稹是鲜卑族，北魏昭成帝拓跋什翼犍十九世孙，洛阳人氏。

他天资聪慧，九岁能文，十五岁就以明经科及第，二十五岁就登书判拔萃科，之后先后担任校书郎、左拾遗、监察御史等职，曾出使剑南东川，因劾奏不法官吏而得罪权贵，被排挤出朝。

从810年至818年,元稹仕途不顺。被贬通州时,他患上疟疾,差点死去。不过,也正是在通州,他完成了最具影响力的乐府诗歌《连昌宫词》。

819年,唐宪宗召元稹回京,授膳部员外郎。宰相令狐楚对元稹的诗文很赞赏。820年,唐穆宗即位。唐穆宗早在当太子时,就很喜爱元稹的诗歌,因此特别器重他。数月后,元稹被提拔为中书舍人、翰林承旨学士,与翰林院的李德裕、李绅等都以学识、才艺闻名,时称"三俊"。822年,以工部侍郎拜同中书门下平章事。

在迅速升迁的同时,元稹也陷入了尖锐复杂的政治斗争。几经周折,823年,元稹被调任浙东观察使兼越州刺史。

虽然元稹才华横溢,但他的感情生活为人所不齿,辜负了不少女子。在来越州为官之前,他至少已经辜负了三位女子,先是初恋女友崔莺莺,再是结发妻子韦丛,还有蜀中才女薛涛。

韦丛为元稹生了一个女儿,名叫元保子。韦丛病逝后,元稹并没有娶一度热恋过的薛涛,而是娶了山南西道涪州(今重庆市涪陵区)刺史裴郧的女儿裴淑。在唐代,裴家是名门望族。裴氏为元稹生了一子三女,儿子名叫元道护,三个女儿分别叫元小迎、元道卫、元道扶。

四

不过,对于元稹的这些过往,刘采春并不知情。她只知道,元稹是有名的才子,和白居易齐名,并称"元白",一起倡导新乐府运动。

823年的一天,刘采春照例在越州登台演出。曲终人散时,有人来后台找她,说浙东观察使兼越州刺史元稹大人特地来看她演出,让她速速前去拜见。

她心中又惊又喜,想不到高高在上的官员竟然会来现场捧场。她不知道,正是这次见面,改变了她的人生。

当元稹近距离看到刘采春时,他不由得眼前一亮。此时,刘采春二十五岁,正是女子最好的年华。在刘采春身上,元稹仿佛看到了当年的崔莺莺、韦丛和薛涛。不,刘采春比崔莺莺更甜美,比韦丛更温柔,比薛涛更明艳动人!

这次见面后,元稹迅速成了她的"粉丝",并毫不掩饰对她的一见倾心,为她写了一首题为《赠刘采春》的诗,在诗中毫无顾忌地表达对她的爱慕之情。

他这样写道:"新妆巧样画双蛾,谩裹常州透额罗。正面偷匀光滑笏,缓行轻踏破纹波。言辞雅措风流足,举止低回秀媚多。更有恼人肠断处,选词能唱望夫歌。"

人患才少,元稹患才多;人患情少,元稹患情多。元稹极尽捧角之能事,用深情的笔触热情赞美刘采春。

"言辞雅措风流足，举止低回秀媚多"，夸刘采春风情万种、妩媚多姿；"新妆巧样画双蛾，谩裹常州透额罗"，夸刘采春衣着时髦、妆容极佳。而且，刘采春不仅年轻貌美，还有一样是崔莺莺、韦丛、薛涛绝对没有的，那就是她婉转悠扬、曼妙多情的歌声。

当她轻摇檀板，唱一曲"恼人肠断"的《望夫歌》时，元稹只觉得整颗心都被她吸走了，这不是"摄人心魄"是什么？这样的人间尤物，这样婉转多情、楚楚动人的刘采春，就这样牢牢俘获了元稹的心。

除了写诗夸赞，元稹还为她写了一篇声情并茂的评论文章，夸赞她"诗才虽不如涛（薛涛），但容貌佚丽，非涛所能比也"。

当时都说戏子无情，其实不是真的无情，而是见多了风花雪月，看惯了逢场作戏，太明白爱情是世间最靠不住的东西。从小就在戏班子里长大的刘采春，怎会不明白这个道理？

刘采春明白，元稹有贤妻美妾，她有丈夫、女儿，他俩一个使君有妇，一个罗敷有夫，不应该有非分之想。

然而，面对这样一位风流倜傥、满腹经纶的才子兼官员狂轰滥炸式的大胆追求，任凭刘采春再冷静、再理智，最后还是毫无抵抗力，甚至连半推半就的姿态都没有，就一头扎进了元稹的怀抱。

他是冬日暖阳，当他看着她时，她就像屋檐下的冰凌，不可阻挡地一点一点融化。

或许，当刘采春第一次投入元稹怀中时，她内心是有挣扎的。

她想到了和她青梅竹马、浪迹天涯的丈夫，想到了聪明伶俐、乖巧懂事的女儿，但是，只怪元稹太有魅力，她心中的天平最终倾向了元稹。她抛下了丈夫和女儿，头也不回地奔向了元稹。元稹大喜，索性花了一笔钱，从戏班买断了刘采春，让她只为他一人歌唱。

元稹虽然高调追求刘采春，但并没有给刘采春任何名分，她甚至连小妾都不是。用今天的话说，他只是包养了她。刘采春似乎并不看重名分，对她来说，只要能和元稹耳鬓厮磨，为元稹红袖添香，就是幸福的时光。

刘采春和元稹的这段情事，在唐代范摅的《云溪友议》一书中有记载："有俳优周季南、季崇，及妻刘采春自淮甸而来，善弄陆参军，歌声彻云。篇咏虽不及（薛）涛，而华容莫之比也。"

不知不觉，元稹在越州待了七年。有一次，元稹酒过三巡，诗兴大发，写了一首题为《醉题东武》的诗："役役行人事，纷纷碎簿书。功夫两衙尽，留滞七年余。病痛梅天发，亲情海岸疏。因循未归得，不是忆鲈鱼。"

一个名叫卢简求的同僚看到这首诗，和元稹开玩笑道："大人不为鲈鱼，为好镜湖春色耳！"可见元稹和刘采春的风流佳话，当时已是人尽皆知。

五

829年9月,元稹结束了在越州为官的日子,重返朝廷,担任尚书左丞。

刘采春满心欢喜地以为,元稹会带她一起离开越州,远赴长安。她愿意跟随元稹左右,和元稹共度余生。她万万没有想到,元稹竟二话不说抛下了她,独自踏上了归途……

元稹当年有多么热情地追求她,如今就有多么绝情地抛弃她!元稹离开越州后,刘采春心灰意冷、万念俱灰,无颜继续留在越州,只好悄悄离开越州,彻底离开了人们的视线。

没有人知道她去了哪里。也许她起了遁世之心,看破红尘,去了一个不为人知的偏僻之地,隐姓埋名,自绝于世。这既是对自己的惩罚,也是对世俗的逃避。

也有人说,刘采春不是隐居,而是悲愤羞惭地结束了自己的生命。死前,她含泪写下了一首绝命诗:"闻道瞿塘顾堆怀,高山流水近阳台。旁人哪得奴心事,美景良辰永不回!"

山盟虽在,情爱成空。在感情中,男人往往容易抽离,尤其是像元稹这样滥情的男人,却苦了深陷情网的女子。

古往今来,深陷情网的女子,刘采春不是第一个,也不是最后一个。人生如戏,她以为自己在戏台上摸爬滚打,早已阅人无数,但到头来,还是为情所困,为爱所伤,仿佛飞蛾扑火般自毁前程。

或许，无数个辗转难眠的夜晚，她想起了曾经和丈夫、女儿相濡以沫的日子，虽然辛苦，却也其乐融融。她想回到过去，可是她明白，再也回不去了。此时此刻，她除了懊悔、自责，还能说什么呢？

有人说，刘采春很像二十世纪八十年代的邓丽君，两人的歌声都是那样婉转多情。刘采春唱《望夫歌》，好比邓丽君唱《何日君再来》。"好花不常开，好景不常在。愁堆解笑眉，泪洒相思带。今宵离别后，何日君再来。"从邓丽君甜美又凄切的歌声中，我们仿佛也听到了刘采春那哀怨的悲歌。

仿佛是做了一场繁华美梦，梦醒时分，只剩荒唐和悲凉。刘采春唱了一辈子戏，到头来却发现，她自己的人生才是一出最荒唐、最悲凉的戏。

戏台上，她唱着古往今来才子佳人的故事；戏台下，她自己的故事却成了世人眼中最大的笑话。是的，彻头彻尾的笑话。

她的《望夫歌》，可以感动很多独守空闺的女子，却抚慰不了她自己那颗伤痕累累的心。而这一切，都是她自找的。是她鬼迷了心窍，是她错付了真情，是她如飞蛾扑火般错投入元稹的怀抱。

这一切，又怨得了谁呢？如果一定要怨，那就怨老天爷吧，怨老天爷让她遇见了元稹，从此，一错再错，万劫不复。

分明一觉华胥梦，回首东风泪满衣。

六

831年7月,元稹突发疾病,不治而亡。在生命的最后时刻,他是否会想起刘采春?

这一生,他貌似爱过很多女子,但其实他真正爱的人只有他自己。对他来说,虽然每一段爱情的开始各有不同,但每一段爱情的结束却都出奇相似。从崔莺莺到薛涛,从薛涛到刘采春,都只是他生命中的过客。

他可以"万花丛中过,片叶不沾身",来也匆匆,去也匆匆,最后无不成了"无言的结局"。当激情过去,他挥一挥衣袖,不带走一片云彩。

他深信,以他的风流俊雅,一定会有更美好的女子在下一个人生路口等他。

对女人来说,爱上这样的男人,是幸还是不幸?没有尊严的爱,岂能地久天长?

失去她后，终成浪子

一

842年，受牛李党争影响，杜牧从长安外放为黄州刺史。当时的黄州，战火纷飞，民不聊生，被京官视为"鄙陋州郡"。黄州的凄凉，让杜牧不由得想起了他十年前所居的扬州的繁华。

那时，他在淮南节度使牛僧孺幕府任职，出入青楼，诗酒风流。如今想来，竟有如梦似幻、恍如隔世之感。于是，他有感而发，提笔写下了千古名句——"十年一觉扬州梦，赢得青楼薄幸名"。

从此，后人提到他时，往往会把他和"青楼女子"联系在一起，他似乎成了晚唐诗坛公认的"浪子"。殊不知，在内心深处，他一直深爱着一个名叫张好好的女子，直至去世。

二

803年,杜牧出生于京兆杜氏,因在家族中排行十三,被称为"杜十三"。杜家自魏晋以来便是仕宦之家,数代饱读诗书,出仕拜相。到了唐朝,杜家更是显赫荣耀。

杜牧的祖父,名叫杜佑,曾在唐德宗时担任宰相,并亲自撰写《通典》二百卷,创立史书编纂的新体裁,开中国史学史的先河,是唐代赫赫有名的政治家和史学家。

杜家藏书甚多,杜牧幼承家学,聪颖机敏,十多岁就潜心研究《孙子兵法》,写下了十三篇《孙子兵法》注解。可惜他写《孙子兵法》注解时,祖父杜佑已经去世,否则一定欣慰于后继有人。

杜牧熟读经史,忧国忧民。他所处的时代,已是唐朝中晚期,政治腐败,藩镇跋扈,吐蕃、南诏、回鹘等纷纷入侵,大唐帝国已处于崩溃的边缘。杜牧主张内平藩镇、外御侵略,希望统治者励精图治、富民强兵。然而,事实恰恰相反。唐穆宗李恒沉溺声色,接替他的唐敬宗李湛有过之而无不及,大兴土木,修建宫室,过着醉生梦死、荒淫无度的生活。

825年,杜牧怀着愤慨,写下了脍炙人口的《阿房宫赋》。从开篇的"六王毕,四海一,蜀山兀,阿房出"到篇末的"灭六国者,六国也,非秦也。族秦者,秦也,非天下也",杜牧表面上在批评秦始皇、陈后主、隋炀帝等亡国之君,其实是在劝谏当时的大唐统治者。

《阿房宫赋》问世后，迅速在长安、洛阳广为流传，杜牧声名远扬。三年后，即828年初，杜牧进士及第，考中贤良方正能直言极谏科，被朝廷安排到弘文馆担任校书郎。同年10月，杜牧被江西观察使沈传师看中，他邀请杜牧成为他的幕僚，担任江西团练巡官。

对此，杜牧欣然接受。一则沈家与杜家是世交，沈传师是杜牧的父亲杜从郁的好友；二则江西洪州是初唐才子王勃写《滕王阁序》的地方，杜牧对滕王阁心向往之。

当杜牧离开长安，前往洪州时，他一定不知道，他将在洪州遇到那个让他此生难忘的女子——张好好。

三

很多年后，杜牧依然忘不了第一次看见张好好时的情景。

那是829年春天，绿草发芽，百花吐蕊。在碧水幽幽的赣江之畔，高倚入云的滕王阁中，那个身穿翠绿衣裙的少女，如摇曳清波的红莲，袅袅婷婷、不胜娇羞地走了进来。

只见她清了清嗓子，抬头初吐清韵。不鸣则已，一鸣惊人，那歌声竟是那样嘹亮清丽，仿佛可以穿透高阁，直上云霄！那一刻，她仿佛是群星环绕的新月，在开口的一刹那，就将滕王阁中的满座宾客照亮了。其中便包括早已看怔了的杜牧。

还没等杜牧回过神来，沈传师就带头击掌叫好，眼中是藏不住的惊喜。显然，张好好的试唱很成功，她被沈传师编入乐籍，成了为官家卖唱的歌妓。

杜牧听说张好好成为歌妓后，心里很不是滋味。喜的是，他将可以经常见到张好好，欣赏她如花的容颜，聆听她天籁般的歌声；忧的是，成为一名歌妓，意味着她失去了自由身，将来何去何从，将不再由她自己做主。

四

对杜牧来说，和张好好初识的那段日子，是那样美好。很多年后，杜牧写下"龙沙看秋浪，明月游东湖。自此每相见，三日已为疏"时，依然沉浸在当年和张好好结伴同游的日子里。

彩霞满天的秋日，沈传师带张好好等人登上龙沙山（位于南昌城北）观浪；明月初上的夜晚，沈传师带张好好等人夜游东湖（位于南昌城东）。这样的时刻，杜牧眼中没有风景，只有张好好。他恨不得天天看见张好好，一日不见，如隔三秋……于是，他经常有事没事就往沈传师家中跑，蹭饭蹭酒，听歌赏舞，只为能多看张好好一眼。

在这样的生活中，张好好渐渐褪去少女的青涩，出落为风姿绰约的女子。她的美，不仅美在容颜，更美在气韵。当张好好"绛唇渐轻巧，云步转虚徐"时，杜牧觉得，她是世间最美的女子，没有之一。

五

一年后，沈传师改任宣歙观察使，带张好好前往宣州（今安徽省宣城市）任职。身为幕僚的杜牧，也随同前往。从此，宣州的谢朓楼也响起了张好好婉转多情的歌声。

杜牧是从何时爱上张好好的呢？是在滕王阁里第一次听她唱歌时？还是在洪州和她日日宴游时？抑或是和她一起来到宣州时？好像都是，又好像都不是。

理智告诉他，她是沈传师的歌妓，从成为歌妓那天开始，她已经属于沈家，他不能有非分之想。但感觉告诉他，他俩彼此有情。

虽然他们几乎没有独处的机会，但仿佛心有灵犀般，无论周遭多么喧嚣，两个人总能越过满座觥筹交错的宾客，在人群中看到对方。在四目相对的一瞬间，他们会心一笑，什么都不说，又仿佛什么都说了。

爱的种子一旦萌芽，便会不顾一切地疯长。郎有情，妾有意，在张好好时而低头莞尔、时而回眸一笑的娇羞中，杜牧越来越想拥有她。他几次想鼓起勇气向沈传师开口，但话到嘴边，又生生咽了回去。沈传师既是他的长辈，又是他的上司，他着实没有勇气"夺人所爱"。他唯一能做的，就是明里暗里向沈传师表达他对张好好的爱慕之情，希望沈传师能了解他的心思，有朝一日主动将张好好送给他，成全他和张好好……

他以为他的爱情终会开花结果，然而，命运狠狠扇了他一记耳光。833年，杜牧痴痴等来的，不是沈传师将张好好送他为妾，而是沈传师弟弟沈述师要纳张好好为妾。

沈传师并非糊涂人，他怎会看不出杜牧喜欢张好好？但自己的弟弟也看上了张好好，在杜牧和弟弟之间，总要成全弟弟吧？

这一切，能怪谁呢？只能怪杜牧迟迟没有勇气向沈传师开口。

据说，张好好在被迫嫁给沈述师之前，给杜牧写过一首诗："孤灯残月伴闲愁，几度凄然几度秋。哪得哀情酬旧约，从今而后谢风流。"不知这首诗是否出自张好好之手，但张好好的心情，大抵就是如此吧。张好好自然是喜欢杜牧的，也应憧憬过能和杜牧在一起，但现实给他们泼了一盆冷水。不，是冰水，让他们之间那刚刚萌芽的爱情在春天来临之前就被迫凋零了。

午夜梦回，张好好思念杜牧、怨恨杜牧吗？他为何不开口向沈传师争取她？是勇气不够，还是爱不够深？她不知道，也无法深究，就让他一直留在记忆中吧。

六

张好好被沈述师纳为小妾后不久，沈传师改任吏部侍郎，离开宣城，宣城幕府中的僚属们各奔前程。杜牧带着无限失意，离开了这个有太多关于张好好的回忆的城市。

正当杜牧举目四望,不知该去哪里时,淮南节度使牛僧孺向他抛来了橄榄枝。

牛僧孺早就听说杜牧的大名,一直想邀请他入幕,可惜一直无缘。

833年,在牛僧孺的再次邀请下,杜牧前往扬州,被授予推官一职,后转为掌书记,主要负责节度使府的公文往来,是个轻松的闲职。

此时,"牛李党争"愈演愈烈,杜牧虽无意涉足党争,但身为牛僧孺的幕僚,岂能置身事外?

此时正是以李德裕为代表的李党得势之时,杜牧空有一身才华,却无用武之地。郁郁不得志的他,干脆流连于遍布扬州城的歌楼酒馆。那里有佳人们曼妙的身影、清丽的歌喉,更有她们无尽的温柔。杜牧沉醉其中,诗酒风流,放浪形骸,似乎忘记了所有烦忧。

我总觉得,当杜牧置身于扬州的莺莺燕燕中时,他心里并没有忘记张好好。面对扬州的莺莺燕燕,他有种逢场作戏、插科打诨的味道。

比如,杜牧和张祜很要好。一次,张祜来淮南看杜牧,杜牧盛情款待,并邀请扬州某歌妓作陪。酒过三巡,两人用骰子赌输赢,决定谁有权追求该歌妓。杜牧哈哈笑道:"骰子逡巡裹手拈,无因得见玉纤纤。"张祜听了,也不甘示弱道:"但须报道金钗落,仿佛还因露指尖。"语音刚落,两人相视大笑,反而把原本赌酒追妓的事抛诸脑后了。

不知此时此刻，杜牧是否想起了张好好写给他的"哪得哀情酬旧约，从今而后谢风流"。

七

岁月无痕，杜牧在扬州一晃就是两年。835年，他被朝廷征为监察御史，赴长安任职。

离开扬州时，杜牧特地给在扬州结识的歌妓写了一首诗："娉娉袅袅十三余，豆蔻梢头二月初。春风十里扬州路，卷上珠帘总不如。"

世间好多故事，都是如此巧合。杜牧认识张好好那年，张好好不也是"娉娉袅袅十三余"吗？当杜牧写诗赠别扬州歌妓时，他脑海里浮现的是不是定格在十三岁模样的张好好？

835年8月，杜牧分司东都洛阳，赴洛阳上任。这年11月，长安爆发"甘露之变"，杜牧有幸躲过。

唐朝中晚期，宦官专权愈演愈烈，皇帝废立皆出宦官之手。唐文宗不甘被宦官控制，和心腹重臣李训、郑注策划诛杀宦官之计。835年11月21日，唐文宗以观露为名，将宦官头目仇士良骗至禁卫军后院，意欲斩杀，不料被仇士良发现，仇士良立即发动猛烈的反攻。最后，李训等朝廷官员被杀，受株连丧命者多达一千多人，史称"甘露之变"。

杜牧虽然躲过了这场凶险的"甘露之变"，但对大唐王朝的命运深感担忧。在这样一个风雨飘摇的乱世，大至朝廷，小至个人，该何去何从？深谙用兵之道的杜牧，提出了不少边防策略，试图用自己的军事才能赢得掌权者的重视，辅佐君王成就霸业，但一直未能如愿。看着江河日下的大唐王朝，想起年少时立下的鸿鹄之志，他只能"自亦笑荒唐"。

八

835年深秋，秋风萧瑟，寒意袭人，杜牧像往常一样缓步走在洛阳街头，心里有点茫然。

当他路过东城一家酒肆时，忽然，眼前飘过一个熟悉的身影，一个像极了他在无数个不眠之夜不时想起的身影。他心里顿时一阵狂跳，立即转身走入酒肆，但哪有什么身影？他长长地叹了口气，自嘲地笑了笑，定是自己看错了，她怎么可能在这里？

正当他抬脚离开时，身后忽然传来一声清脆的叫唤："这位大人，天凉了，何不进来喝一杯酒，暖暖身子也是好的。"

刹那间，杜牧的身子仿佛被冰冻住了似的，僵在原地。眼睛或许会看错，但这声音他无论如何都不会听错！这样婉转动听的声音，这世上，除了她，还会有谁？

世间一切相遇，都是久别重逢。杜牧曾经以为，他这辈子再也见不到张好好了，万万没有料到，重逢来得如此突然，突然得来不及收拾好自己的情绪。

他们就这样毫无征兆地重逢在洛阳街头，重逢在两人初次见面的六年之后，重逢在张好好被沈述师收为小妾的两年之后。

张好好也从杜牧突然僵住的背影中认出了他。当杜牧缓缓转过身子时,张好好正定定地看着他,清澈见底的眼眸中早已覆上了一层水雾。见他回头,她忙转过身子,用衣袖匆匆擦拭眼角。再转身时,虽然眼底泪光闪烁,但嘴角已浮上一抹复杂难言的笑意。

两年前,沈述师高调纳张好好为妾,下的聘礼是贵重的碧瑶佩,迎亲的车子是豪华的紫云车,似乎要向世人宣布,他要极尽所能地宠爱张好好。当时,杜牧虽然心里难过,但还以为沈述师会一直对她好,那对她而言也未尝不是一个好归宿。没想到,世事难料,那个人还是负了她。

如今,她孑然一身,荆钗布裙,在洛阳酒肆卖酒。当年那双翩翩抚琴的纤手,如今却为人斟酒端汤……

此时此刻,他们都有太多话想说,但千言万语堵在心头,不知从何说起。空气似乎凝固了,不知过了多久,还是张好好打破了沉默,强颜欢笑道:"大人,一别经年,您过得好吗?"

这一笑,这一问,让杜牧心中泛起层层涟漪。明白如杜牧,怎会不懂她的百转千回?

杜牧摇了摇头,不知该说好还是不好。他想对张好好微笑,却不知怎么,笑容僵在脸上,任谁都能看出这不是真正的笑。

张好好似乎并不需要杜牧的回答,继续柔声道:"大人,如今日子艰难,您要处处小心才好。"

杜牧明白,她不愿他看到她的落魄,更不愿他问她这些年发生了什么,她心中纵有千般酸楚,也不愿向他倾诉。于是,他什么都不问,只是说了一些言不由衷的闲话。

秋风萧瑟,恰如他们此刻的心情。想起他们曾经共度的美好时光,再看现在的彼此,他比她当年出嫁时更难过。

九

这晚,杜牧回到家中,心情久久无法平静。

两年前,因为懦弱,他失去了张好好;两年后,故人重逢,他愿意成为张好好余生的依靠吗?他陷入了沉思。

曾经,他意气风发,愿以满腹才华报效朝廷;如今,他意兴阑珊,在这苟延残喘、危机四伏的大唐随波逐流……他仿佛一片被秋风榨干的枯叶,从枝头上掉落,在呼啸的寒风中失去了方向。

前路在哪里?未来在何方?他笑自己蹉跎半生,到头来却连曾经以为唾手可得的"安稳"都成了无法企及的奢望。他心里针刺般疼,握紧拳头,重重捶向书案。

他曾以为自己很深情,其实,他和沈述师一样薄情,都给不了张好好想要的一世安稳,他注定要再次辜负她了!想到这里,他只觉得心里翻江倒海般难受,憋屈、悔恨、不甘、愧疚等情绪一股脑儿涌上心头。他随手拿起狼毫小笔,在白麻纸上笔走龙蛇,一口气写下了洋洋洒洒的五言古诗《张好好诗》:"牧大和三年,佐故吏部沈公江西幕,好好年十三,始以善歌舞来乐籍中。后一岁,公移镇宣城,复置好好于宣城籍中。后二岁,为沈著作以双鬟纳之。后二岁,于洛阳东城重睹好好旧伤怀,故题诗赠之。"这篇序言,道尽了他和张好好这一世的缘分。

结尾处,他怀着沉重的心情写道:"斜日挂衰柳,凉风生座隅。洒尽满襟泪,短歌聊一书。"写罢掷笔,诗尽了,他俩的缘分似乎也尽了。

十

842年,杜牧被宰相李德裕认为是牛党成员,外放为黄州刺史。从842年到852年,杜牧辗转于池州、睦州、湖州等地,担任刺史,虽然其间也曾回到朝中任职,但他多次请求外放。别人以为他请求外放是因为外放俸禄更高,但其实他请求外放,更多是因为他不满于朝政,既然自己无法在朝中有所作为,那就不如远离朝廷。

852年冬天,杜牧病重。他心知大限将至,就自撰墓志铭,并搜罗生前文章,用火焚烧,仅留下十之二三。

在生命的最后时刻,不知他是否重温了写于十七年前的《张好好诗》。或许,他曾想烧了这首诗,可是,在熊熊燃烧的火盆前,他举起又放下,思之再三,终究舍不得,因为那是他真正爱过的女子,是他内心最珍贵、最隐秘的一段感情。

他可以在青楼眠花宿柳、倚红偎翠,可以在青楼女子的衣香鬓影间游刃有余,但在这个真正让他动心的女子面前,他实在潇洒不起来。

他将自己最真实的心声都揉进了《张好好诗》。他写这首诗，不是为了给张好好看，而是为他和张好好的感情做一次祭奠。

这是他真正付出过的感情，怎么忍心付之一炬？因此，《张好好诗》躲过了熊熊火光，幸存至今。

十一

不知张好好是否知道，杜牧曾经为她写过一首诗，而且题目就是她的名字。

她或许知道，或许不知道。随着杜牧、张好好的去世，我们已永远无法知道答案。

平心而论，就杜牧和张好好的这段感情而言，杜牧其实算不上一个有担当的人。如果说第一次错过是无能为力，那么，第二次错过呢？然而，张好好却似乎不怪杜牧。即使重逢后杜牧没有任何行动，张好好也并不怪他。从小看遍人间冷暖的张好好，早已炼成了一颗通透的心。

在重逢的一刹那，从杜牧看她的眼神中，她读懂了他对她的心意，这份心意是真的。在这风雨飘摇的乱世，每个人都有太多不易，只要这份心意是真的，其他的都不再重要。

据说，杜牧病逝后，张好好曾悄悄来到坟前祭拜他。虽然他们之间无名无分，杜牧甚至连一句承诺都不曾给她，但她心里早已认定，杜牧是她此生值得付出真心的人。

李商隐的隐情

一

在唐代诗人中,谁最擅长写情诗?答案是李商隐。

李商隐写的情诗,朦胧迷离,隐晦曲折,或许除了他本人,别人永远无法真正读懂。

李商隐为何如此隐晦曲折?因为他的感情世界有很多不能为外人道的故事。比如,他很可能有一个私生女,名叫寄寄。

二

据推测,李商隐在838年娶泾原节度使王茂元的女儿王晏媄之前,应该有过一段感情,并有一个女儿。

这个推测,来自李商隐写的《祭小侄女寄寄文》。从表面上看,寄寄是李商隐的弟弟李羲叟的女儿。祭文中说"尔生四年,方复本族。既复数月,奄然归无",也就是说,寄寄出生后,一直寄养在别人家里，直到四岁才被接回李家，回家后才几个月，寄寄就去世了，年仅四岁。

寄寄为何被寄养在别人家中？这其中是否有难言之隐？我们继续看祭文，李商隐这样写道："时吾赴调京下，移家关中，事故纷纶，光阴迁贸，寄瘗尔骨，五年于兹。"也就是说，寄寄去世后，李商隐不在家，没能及时将她安葬到祖茔，深感自责，感叹"尔之栖栖，吾有罪矣"。如果寄寄只是李商隐的侄女，对于寄寄没能及时安葬到祖茔，他完全不必自责，毕竟她有自己的父母。

接着，李商隐感叹"于鞠育而未深，结悲伤而何极"，寄寄明明有父母，李商隐只是伯父，并没有养育的责任，为何自责"鞠育未深"？

李商隐还写了"尔来也何故，去也何缘"，感叹寄寄的出生和死亡，都太意外了。

通篇祭文，有很多令人费解之处，让人不由得推测：寄寄不是李羲叟的女儿，而是李商隐的私生女。

寄寄去世于840年，由此可推断，寄寄出生于836年左右。

那么，寄寄的生母到底是谁呢？

三

812年，李商隐出生于河南省新乡市获嘉县，父亲李嗣担任获嘉县令。可惜，李商隐不到十岁时，父亲去世。李商隐身为家中长子,帮母亲一起承担养家糊口的重任,为别人抄书挣钱,贴补家用。他天资聪颖,跟随一位精通五经和小学的堂叔学习,从小写得一手好字、一手妙文。

829年,李商隐来到洛阳,有幸结识了白居易、令狐楚等文坛大家。白居易和令狐楚都很欣赏李商隐的才华,李商隐也努力备考,积极应试。然而,李商隐四次参加科举考试,都没有考中。835年,有些灰心的他,前往河南济源附近的玉阳山学道。

玉阳山是王屋山的重要组成部分,是唐代道教圣地,唐玄宗李隆基的妹妹玉真公主也曾在此修道。

李唐皇室将道家始祖李耳认作自家祖先,将道教奉为国教,全国道观最多时有一千六百多所,不仅文人士子热衷于道教,很多女子也潜心修道,其中不乏像玉真公主这样的皇家公主,以及陪同公主一起修道的宫女,她们都被称为女冠。

四

道观的高墙,挡得住风雨,却挡不住爱情。在玉阳山的松风白云间,爱情的种子在李商隐和一个名叫宋华阳的女冠之间悄然种下。

宋华阳为何入道?何方人氏?她和李商隐相遇时年方几何?我们已经无从知晓,只能从李商隐那些晦涩难懂的诗句中寻找蛛丝马迹。

一个月色很美的夜晚,李商隐思念宋华阳,写下了《月夜重寄宋华阳姊妹》:"偷桃窃药事难兼,十二城中锁彩蟾。应共三英同夜赏,玉楼仍是水精帘。"诗中的"偷桃"和"窃药",暗指爱情和修道,李商隐想表达的不正是后世仓央嘉措的矛盾心情吗:世间安得双全法,不负如来不负卿。

一个月光清冷的夜晚,李商隐思念宋华阳,写下了"紫府仙人号宝灯,云浆未饮结成冰。如何雪月交光夜,更在瑶台十二层",他不知该为这首诗取什么题目,那就索性叫"无题"吧。这是李商隐最隐晦的无题诗,透出了说不出的哀伤与牵挂。这首诗表面在写天上的仙人,其实在写虽与他同在人间却注定不能在一起的宋华阳。对他俩来说,即使近在咫尺,依然远隔天涯。

因此,李商隐的哀伤,注定无解,就像嫦娥在寂寞的广寒宫里,日复一日思念人间。

五

"金风玉露一相逢,便胜却人间无数。"热恋中的李商隐和宋华阳,终究越过雷池,偷吃了禁果。不久,宋华阳怀孕了。在李商隐写的《碧城》中,透露了一个女子已有身孕的事实。道家认为,元始天尊的住处,是以碧霞为城,所以,碧城可以指仙境,也可以指道观。

《碧城》中有这样一句:"玉轮顾兔初生魄,铁网珊瑚未有枝。"李商隐非常擅长用典,"玉轮顾兔"出自屈原的《天问》,

意思是"月亮上面的黑影是什么？月亮的肚子里是不是有一只小兔子？""铁网珊瑚"用了一个更加生僻的典故，大意是海边的人们为了采摘珊瑚，会先做一张铁网，把它沉到海底的岩石上。珊瑚会在岩石上缓慢生长，等珊瑚的枝条透过网眼的时候，就可以收回铁网，把成熟的珊瑚捕捞上来。

因此，"玉轮顾兔"和"铁网珊瑚"，暗示着萌芽、新生和孕育。他小心翼翼地留下或明或暗的线索，仿佛隔了一层半透明的帷幕，将这段被禁止的爱情欲说还休地呈现在世人面前。

不知宋华阳怀孕后是离开了道观，还是在道观里偷偷生下了孩子，无论怎样，最后孩子被悄悄送到了李商隐手中。这个孩子，很可能就是李商隐对外宣称的侄女寄寄。

六

今天，隔着千年时光，我们并不知道李商隐当年在玉阳山上到底发生了哪些故事，貌似有很多蛛丝马迹，却没有一个决定性的证据。

他的诗，和他人一样，含蓄隐晦，用各种华美的意象，给世人留下了一个难解的拼图。或许，真相已经湮没在历史深处，我们都只是猜测。

四、宋后风韵

千年前的那片星空

一

2021年12月31日晚上,看罗振宇老师的跨年演讲《时间的朋友》。突然,大屏幕上出现了一片璀璨的星空——那是1082年8月12日晚上的星空。那晚的星空,不仅照亮了苏轼和他所处的那个时代,也照亮了千年后的中国,至今不曾熄灭。

那一刻,我的眼角,有泪光闪烁。

二

苏轼的一生,不是被贬官,就是在被贬官的路上。他一生遭遇的劫难,可谓不计其数,最险恶的一次,当属"乌台诗案"。

1079年,苏轼调任湖州知州。上任后,他给宋神宗写了一封《湖州谢上表》。

这本是例行公事,但苏轼是满腹才气的文人,笔端常带感情,即使官样文章,也难免流露真情实感,以及对时政的不满。他说自己"愚不适时,难以追陪新进","老不生事,或能牧养小民"。

这些本来都再正常不过,却偏偏遇上了一个微妙的时代,又偏偏出自苏轼之手。一方面,早在1068年至1077年,宋神宗重用王安石变法,1079年时的北宋朝廷,新党和旧党之争极其微妙;另一方面,苏轼是文坛领袖,他在诗文中表露对新政的不满,如果任由其传播,对新政的推行自然不利。因此,在宋神宗的默许下,御史中丞李定,御史舒亶、何正臣等人,从苏轼《湖州谢上表》以及他此前所作的诗句中,挑出他们认为隐含讥讽之意的句子,说他"愚弄朝廷,妄自尊大""衔怨怀怒,包藏祸心""莽撞无礼,对皇帝不忠"。一时间,朝堂上一片倒苏之声。

同年7月28日,上任才三个月的苏轼被御史台的吏卒逮捕,解往京师。8月18日,入御史台狱。这就是轰动一时的"乌台诗案"。

"乌台诗案"是一场典型的文字狱,用时人刘安世的话来说:"东坡何罪?独以名太高,与朝廷争胜耳。"

在那场劫难中,苏轼下狱一百零三天。负责审讯苏轼的官员竭力罗织罪名,欲置他于死地。苏轼怀着必死的心情,写下了两首绝命诗,一首给弟弟苏辙,一首给妻子王闰之。

在给苏辙的那首诗中,苏轼这样写道:"是处青山可埋骨,他年夜雨独伤神。"苏轼担心苏辙"他年夜雨独伤神",便和他郑重约定："与君世世为兄弟，再结来生未了因。"

苏辙伏案痛哭，将这首诗上呈宋神宗。宋神宗看了后，或许内心被触动了，最后，苏轼死罪可免，活罪难逃。当年12月，苏轼被释放出狱，贬为黄州团练副使。

三

黄州团练副使名义上是官员，实际上是以戴罪之身被地方长官监视居住，"不得签署公事，不得擅去安置所"，这无疑是一种"半犯人"式的管制生活。好在黄州官员对苏轼不错，不仅不约束他在黄州游玩，甚至常常备酒和他一起出游，只是叮嘱他不要节外生枝而已。

1082年8月，苏轼到黄州附近的赤鼻矶游玩。

发生于208年的赤壁之战，并不在黄州附近的赤鼻矶，而在湖北省赤壁市西北、长江南岸。苏轼自然是明白的。他在《念奴娇·赤壁怀古》中说"故垒西边，人道是，三国周郎赤壁"，他不过是借赤壁抒发感慨罢了。

赤壁之战对魏、蜀、吴三国影响极大，几乎奠定了魏、蜀、吴三国鼎立的局势。尤其是《三国演义》中，对赤壁之战前前后后的描写，用尽笔墨，极尽渲染。当曹操被孙权、刘备联军击垮之时，不知有多少读者大呼过瘾。

当苏轼和友人泛舟赤鼻矶时，自然而然想到了赤壁之战。

从208年到1082年，时光已经静静流淌了八百多年。"月出于东山之上,徘徊于斗牛之间。白露横江,水光接天。纵一苇之所如,凌万顷之茫然。"那一刻,八百多年形成的岁月鸿沟仿佛瞬间轰塌,苏轼起心动念,直抵那烽烟四起、群雄逐鹿的三国战场。

虽然苏轼是古往今来少有的豁达之人,但"乌台诗案"对他造成的伤害实在太大。他需要多久才能真正疗愈?需要多久才能真正放下?

我不知道他是何时放下的,但我相信,当他在1082年8月12日晚上和友人畅游赤鼻矶时,当他抬头看到那片璀璨星空时,那个潇洒、豁达的苏轼,又回来了!

不是吗?"浩浩乎如冯虚御风,而不知其所止","飘飘乎如遗世独立,羽化而登仙",何其潇洒,何其豁达!

四

在悠扬的洞箫声中,苏轼和友人展开了一场关于人生意义的辩论,这又何尝不是苏轼的内心独白?

当年的曹操、孙权、刘备,何等意气风发,何等英雄豪杰,不也被时间的流水洗去了痕迹?任何人的一生,放在历史的长河中看,都何其渺小,何其卑微。反观当下,与其追逐名利,计较得失,不如像庄子那样,在与世无争中尽情享受人生。

于是,苏轼表面上在回答友人,其实在告诉自己:"且夫天地之间,物各有主,苟非吾之所有,虽一毫而莫取。惟江上之清风，与山间之明月，耳得之而为声，目遇之而成色，取之无禁，用之不竭。是造物者之无尽藏也，而吾与子之所共适。"

《赤壁赋》的结尾，是"相与枕藉乎舟中，不知东方之既白"。昨天，在醉酒时结束；今天，在东方既白后开始……

苏轼很喜欢赤鼻矶。1082年10月，他重游赤鼻矶，写下了《后赤壁赋》。

金代画家武元直，以苏轼的《赤壁赋》为主题，画了一幅《赤壁图》，流传于世。

今天，当我们读《赤壁赋》中的"寄蜉蝣于天地，渺沧海之一粟。哀吾生之须臾，羡长江之无穷。挟飞仙以遨游，抱明月而长终"，读《后赤壁赋》中的"江流有声，断岸千尺，山高月小，水落石出。曾日月之几何，而江山不可复识矣"，读《念奴娇·赤壁怀古》中的"人生如梦，一樽还酹江月"，我们是否觉得，苏轼并未远去？

他一直都在，且掷地有声！

五

从208年到1082年，间隔874年；从1082年到2022年，间隔940年。我们今天追忆苏轼，和苏轼当年追忆周瑜，心情恐怕相差无几。

我们看到的，是天文学家利用科技手段还原的苏轼当年看到的那片星空，即使相隔千年，依然是天边的月，心中的念。

英国文艺复兴时期剧作家、诗人莎士比亚说："让我们泰然自若，与自己的时代狭路相逢。"苏轼的一生，不正是用泰然自若的姿态，和他的时代狭路相逢么？

　　心所念，皆如愿，当然是好的，即使最后无法如愿，其实又有何妨？和故事的结局相比，故事的起承转合，不是更有意思吗？正所谓，山河无恙，烟火寻常，世间所有的路，都将与你相逢。而我，将爱我所爱的人间，愿你所愿的笑颜。

写出不一样的陆游

一

1125年11月13日，绍兴人陆宰奉诏进京，夫人唐氏在淮河舟上分娩。这是他们的第三子，陆宰很高兴，为其取名为陆游。

水过无痕，风过无声，千年时光，仿佛只是一瞬。2025年11月13日，是陆游的九百周年诞辰。

能在有生之年赶上陆游的九百周年诞辰，是莫大的缘分。于是，我决定为陆游写本书，为这个缘分做一个小小的注脚。

二

写陆游的书很多，其中，已故的著名传记文学家朱东润先生写的《陆游传》，让我印象深刻。

朱东润先生说："后人对于陆游的评价，分歧很大。陆游的一生，值得仔细分析，做出比较近情的结论。"他认为，要理解陆游，必须抓住三个关键：一是隆兴二年陆游在镇江的经历，二是乾道八年陆游在南郑的经历，三是开禧二年陆游对于韩侂胄北伐的政治态度。

朱东润先生于 1988 年去世，他的《陆游传》完稿于 1959 年，距今已有六十多年，但他的这些观点，放在今天来看，依然很有见地。朱东润先生已将陆游写得十分全面、细致，那么，我该如何写陆游呢？这是我在写陆游之前必须想好的问题。

三

我想从女性视角去写陆游，我问了自己三个问题：第一个问题，在陆游的成长过程中，他的原生家庭给了他怎样的影响？第二个问题，陆游和唐琬究竟是如何相识、相恋、举案齐眉，最后又劳燕分飞的，他晚年重游沈园时是怎样的心情？第三个问题，陆游一生呼吁北伐，一直未能如愿，他经历了怎样的心路历程？

要想探讨这些问题，就要走进陆游的内心世界。如何走进陆游的内心世界？最好的办法就是细细品读陆游留存于世的文字。言为心声，任何一个创作者，可以欺骗别人，却骗不了自己；可以在某些文章里写违心之语，却不可能在所有文章里掩藏自己的真性情。

我写长篇小说《红豆生南国》时，品读了王维留存于世的四百多首诗，并将这些诗按时间顺序排列，和《旧唐书》《新唐书》

中记录的王维的人生经历一一对应，从而勾勒出了王维的心路历程。

据说陆游一生写了三万多首诗，选取了其中的九千三百四十四首，收入《剑南诗稿》，留存至今。我带着种种好奇阅读《剑南诗稿》，欣喜地发现了一些蛛丝马迹。

四

其中一个蛛丝马迹，是陆游借菊花怀念和唐琬的新婚生活。

1170年，陆游四十六岁，前往夔州，任夔州通判。途经江陵时，他"求菊花于江上人家"，写下了《重阳》一诗："照江丹叶一林霜，折得黄花更断肠。商略此时须痛饮，细腰宫畔过重阳。"

1187年，陆游六十三岁，写《余年二十时尝作〈菊枕诗〉，颇传于人，今秋偶复采菊缝枕囊，凄然有感》，有两首：其一，"采得黄花作枕囊，曲屏深幌闭幽香。唤回四十三年梦，灯暗无人说断肠"；其二，"少日曾题菊枕诗，蠹编残简锁蛛丝。人间万事消磨尽，只有清香似旧时"。"少日曾题菊枕诗"和"唤回四十三年梦"，无不透露了陆游和唐琬新婚时的甜蜜生活。

陆游和唐琬成亲于1144年，陆游二十岁，唐琬十七岁。新婚的日子，就连彼此的呼吸都是甜蜜的。不难想象，唐琬慧心巧思，看陆游整日看书很劳神，就用晒干的菊花缝制了一个精美的菊花枕，让陆游睡觉时用，可以清热提神。陆游一定很喜欢这个菊花枕，当即写了《菊枕诗》，可惜没有收入《剑南诗稿》，也就没有保存下来。

今天，我们已经不知道陆游为何不将《菊花诗》收入《剑南诗稿》，也不知道陆游在《菊花诗》中具体写了什么，但可以肯定的是，当陆游晚年看到菊花，凄然感叹"灯暗无人说断肠"时，其中的伤感，一定无人诉说，也无法言说。

五

还有一个蛛丝马迹，是关于陆游和唐琬沈园重逢的年份。有说1151年的，有说1153年的，也有说1154年的，究竟是哪一年呢？

我们来看陆游1192年重游沈园时写的一首七律，题目是《禹迹寺南，有沈氏小园。四十年前，尝题小词一阕壁间。偶复一到，而园已三易主，读之怅然》。

这里说"四十年前"，不一定是四十周年，可以是四十年前后。因此，我们可以猜测，陆游和唐琬在沈园重逢的年份，是1152年至1154年间。那么，具体是哪一年呢？这要结合陆游的经历来分析。

1153年，陆游到临安（今浙江省杭州市）参加锁厅考试（现任官员及恩荫子弟的进士考试），主考官陈子茂阅卷后，将陆游取为第一。不巧的是，秦桧的孙子秦埙也参加了考试，位居陆游之下，秦桧大怒。

1154年春天，陆游参加礼部考试，秦桧指示主考官不得录取陆游，陆游落榜。考场失意的陆游，到沈园去散心，恰好遇见了和赵士程一起游园的唐琬。刹那间，和唐琬相爱却不能白首的悲痛和科举失意的愤懑交织在一起，陆游百感交集，痛定思痛，情不自禁地在沈园写下了千古名篇《钗头凤·红酥手》。在人生的最低谷，他发出了最沉痛的感叹——"错、错、错""莫、莫、莫"！

关于陆游的《钗头凤》，清人陈衍在《宋诗精华录》中如此评价："无此绝等伤心之事，亦无此绝等伤心之诗。就百年论，谁愿有此事？就千秋论，不可无此诗。"

六

一直以来，都说陆游和唐琬是表兄妹关系。这个说法，可以说对，也可以说不对。陆游的母亲出身名门，祖父名叫唐介。唐介祖籍钱塘（今浙江省杭州市）。先祖曾在五代十国时期的吴越国为官，后自钱塘徙家江陵（今属湖北）。唐介为官清正廉明，与同时代的包拯一样刚正不阿，历仕仁宗、英宗、神宗三朝，宋神宗时，官至参知政事。唐介的孙辈，都用"心"字旁命名，如唐懋、唐愿、唐恕、唐意、唐愚等，他们都是陆游的舅父。

唐琬的祖父名叫唐翊，祖籍越州山阴（今浙江省绍兴市）。宋徽宗宣和年间，唐翊官至鸿胪少卿，颇有政绩政声。唐翊的儿子们，都用"门"字旁命名，比如，唐琬的父亲名叫唐闳。

因此，可以肯定地说，唐闳和陆游的母亲没有血缘关系，唐闳不是陆游的舅父，唐琬不是陆游的表妹。那么，为何又说陆游和唐琬可以被称为表兄妹呢？

在陆游写的《家世旧闻》中，有这样一段记载："唐子西庚晚自岭表归客荆州，与处厚、居正两舅氏游，因通谱为兄弟。"唐琬的父亲祖籍山阴，陆游的母亲祖籍钱塘，他们的祖籍相距很近。陆游的舅舅和唐琬的父亲相熟，因为两家都姓唐，五百年前是一家，就互认为同族兄弟。

陆游因为亲舅舅跟唐琬的父亲"通谱为兄弟"，就也称唐琬的父亲为舅舅，从这个意义上说，唐琬就成了陆游的表妹。

值得一提的是，陆游和赵士程不只是唐琬的前夫和后夫，他们其实有亲戚关系。事情是这样的：陆游的姨妈嫁给了吴越王钱俶的后人钱忱，被封为瀛国夫人，她的婆婆也就是钱忱的母亲，是宋仁宗的女儿、秦鲁国大长公主。赵士程则是秦鲁国大长公主的侄孙。也就是说，钱忱既是陆游的姨父，也是赵士程的表叔，陆游和赵士程是同辈人。

赵士程比陆游年长十多岁，都住在越州山阴，他们应该早就认识，且有来往。很可能，陆游迎娶唐琬时，赵士程还曾受邀来喝喜酒。

七

唐琬去世后，陆游颠沛流离，郁郁不得志，心里始终没有忘记唐琬。

1199年，陆游七十五岁，重游沈园，情难自已，写下了"城上斜阳画角哀，沈园非复旧池台。伤心桥下春波绿，曾是惊鸿照影来"。半个世纪过去了，他对唐琬的思念，不仅没有随着时间的流逝而消退丝毫，反而愈发沉重悲切……

陆游明白，这辈子，他因坚持北伐而坎坷一生，但他从不后悔，因为这是他内心最坚定的声音。他唯一后悔的，是失去了唐琬。如果人生可以重来，他将继续坚持北伐；而无论遇到怎样的艰难险阻，他都不会放弃唐琬，因为他明白，从失去唐琬那天开始，他就没有真正快乐过。

"僵卧孤村不自哀，尚思为国戍轮台。夜阑卧听风吹雨，铁马冰河入梦来。"

他在疾风骤雨中孤军奋战，直至生命的终点，正如《起风了·陆游》中所唱的那样："出门搔首远望山河，怅意生胸间，江河东入海，五岳上摩天，何日复中原！"

向陆游致敬。

她对自己无能为力

一

对南宋才女唐琬来说,她既是幸福的,也是哀伤的。她的幸福是此生能被陆游和赵士程深爱;她的哀伤是,这两个男人出现在了同个时空。

不是赵士程不好,而是赵士程在唐琬生命中的亮相,在陆游之后。唐琬将最纯粹、最炽热的爱给了陆游。她失去陆游后,赵士程顶住皇族宗室的压力,全心全意爱她、护她,她虽然被感动,但内心深处依然忘不了陆游。到头来,一缕香魂,随风而逝,可惜,可叹。

二

1128年,唐琬出生于越州山阴(今浙江省绍兴市),字蕙仙。唐家世代为官,她的祖父名叫唐翊,宋徽宗宣和年间官至鸿胪少卿。她的父亲名叫唐闳,曾担任郑州通判。唐琬是家中独生女儿,被父母视为掌上明珠。唐闳对唐琬十分疼爱,亲自教她识文断字。唐琬聪明伶俐,十多岁时已是越州城里有名的才女。

如果说越州城里的唐家出了一个才女,那么,越州城里的陆家则出了一个才子,名叫陆游。

陆游出生于1125年,比唐琬年长三岁。陆家是越州的名门望族、藏书世家。陆游的高祖,名叫陆轸,是宋真宗大中祥符年间的进士,官至吏部郎中。陆游的祖父,名叫陆佃,师从王安石,精通经学,官至尚书右丞,撰写《春秋后传》《尔雅新义》等著作。陆游的父亲,名叫陆宰,精通诗文,为人正直,北宋末年担任京西路转运副使。北宋灭亡后,他带领家人回到越州老家,潜心学问,将藏书楼命名为"双清堂"。

当时,越州有三大藏书之家,第一是左丞陆氏,第二是尚书石氏,第三是进士诸葛氏。陆家的藏书多到什么程度呢?1143年,南宋皇室内府大量缺书,下诏求天下遗书。绍兴府抄录陆宰家的藏书,竟多达一万三千多卷。

三

陆游和唐琬是如何认识的呢?这要从陆游的母亲说起。

陆游的母亲姓唐,唐家也是名门望族。陆游的母亲的祖父,名叫唐介,为官清廉,在宋神宗时官至参知政事,相当于副宰相。不过,陆游的母亲的唐家,和唐琬父亲的唐家,并不是同一个唐家。唐闳和陆游的舅舅唐仲俊是好友,加上唐闳和唐仲俊都姓唐,就结拜为兄弟。

1142年的一天,唐闳带唐琬去唐仲俊家做客,刚好陆游也在唐仲俊家。于是,唐仲俊就把陆游介绍给唐闳,这是唐琬第一次见到陆游。

虽然此前已听说陆游如何饱读诗书,如何出口成章,但亲眼见到陆游时,唐琬还是不由得眼前一亮。只见陆游剑眉朗目、气宇轩昂,举手投足间自有一种书香世家特有的气质。更难得的是,陆游不仅饱读诗书,且从小习武,精通骑马、舞剑、射箭等,是真正的文武全才。

和唐琬一样,陆游看到清丽脱俗的唐琬时,也不由得怦然心动,脑海里闪过八个字——窈窕淑女,君子好逑!十五岁的唐琬,让十八岁的陆游第一次明白了什么是"一见钟情"。

唐闳也很欣赏陆游,和陆游聊诗词文章,陆游都能应答自如。因为唐闳和唐仲俊以兄弟相称,陆游就称呼唐闳为舅舅,称呼唐琬为妹妹。

这次见面后,陆游情不自禁地爱上了唐琬。他心目中的理想妻子,就是唐琬这般模样。此后,陆游就成了唐家的常客。陆家藏书极其丰富,陆游常给唐琬带来各种珍贵的名家诗集、文稿,渐渐地,两颗心越来越近。

唐琬的父母和陆游的父母也看出了这对小儿女的心思。唐家和陆家都是越州当地的名门望族,两家门当户对,一对小儿女情投意合,天下还有比这更天造地设、幸福美满的婚姻吗?

于是，陆家就用一只精美绝伦的凤钗作为信物，向唐家提亲，定了这门亲事。

1144年，有情人终成眷属，陆家举行隆重的婚礼，唐琬幸福地嫁入了陆家。

四

沉浸在新婚的欢乐中的唐琬和陆游，将婚后的生活过成了一首诗。清晨黄昏，花前月下，他俩出双入对、俪影成双，宛如一双翩跹于花丛中的彩蝶，眼底眉梢都是浓情蜜意。

不过，好景不长，唐琬渐渐感到，婆婆对她的态度似乎越来越冷淡了。

婆婆为何不待见唐琬？主要有两方面原因。一个原因是陆游不愿参加科举考试。唐夫人为陆宰生了三个儿子——长子陆淞、次子陆濬、三子陆游。在三个儿子中，唐夫人偏爱陆游。唐夫人生陆游时，已年近四十，中年得子，心境自然不同。另外，陆游文武全，是三个儿子中最优秀的，她对陆游寄予厚望。陆游娶唐琬之前，曾去临安两次参加科举考试，都未考中。不是陆游才学不够，而是他的文章诗词不对当朝天子宋高宗和宰相秦桧的胃口。

当时，南宋朝廷和金国签订了《绍兴和议》，抗金名将岳飞冤死狱中，对此，陆游和父亲陆宰十分愤慨，坚持主张北伐中原，收复失地。陆游两次参加科举考试，都旗帜鲜明地表达了这一观点。如此一来，陆游名落孙山自然就在情理之中了。

陆游娶了唐琬之后，母亲希望他继续参加科举考试，但陆游心想，如果宋高宗不想北伐，如果朝廷依然是奸相秦桧主政，那么他无论参加多少次科举考试，都不可能金榜题名。与其这样白白浪费时间精力，不如安心在家看书习武，等时机合适时再去参加科举考试也不迟。但唐夫人不相信陆游的解释。她认为，陆游成亲前是愿意参加科举考试的，成亲后才不愿参加科举考试了，原因一定出在唐琬身上，一定是和唐琬的儿女情长消磨了他求取功名的上进心。

另一个原因是唐琬迟迟没有怀上孩子。对古人来说，"不孝有三，无后为大"。陆游一成亲，唐夫人就盼着唐琬早日为陆游生儿育女，结果两年过去了，唐琬的肚子丝毫没有动静，唐夫人渐渐怀疑唐琬没有生育能力。

误会就像一颗种子，一旦在心里落下，就会疯狂生长。随着时间的流逝，眼看陆游不去参加科举考试，唐琬的肚子一直没有动静，唐夫人终于忍无可忍，找唐琬谈话，希望她不要阻碍陆游的前程，不要耽误陆家的子嗣，早日离开陆家。

唐琬听到婆婆说出这番话时，无疑是平地起惊雷。她深爱陆游，陆游也深爱她，如今她怎么就被婆婆下了"逐客令"呢？不，不是逐客令，而是休妻书。

陆游知道母亲的这个无理要求后，当然也坚决不答应。但唐夫人既然开了这个口，就早已下定了这个决心，唐琬一日不离开陆家，她就一日不罢休。

最终，陆游无力与强势的母亲抗衡，却又不愿和唐琬分开，情急之下，陆游表面上说已经把唐琬送回唐家了，其实是将唐琬悄悄安顿在郊区别院，瞒着母亲和她约会，期待等母亲气头过去，他再把唐琬接回家中。

然而，纸始终包不住火，风言风语很快传到了唐夫人耳中。这一次，唐夫人以死相逼，命令陆游必须休妻。面对母亲的威胁，陆游万般无奈，只好将唐琬送回了唐家。唐琬伤心欲绝，掩面而泣，陆游羞愧自责，洒泪而别。

五

回到娘家后，唐琬郁郁寡欢，以泪洗面，一直忘不了陆游。不料，没过多久，陆家就传来了喜讯——陆游娶了一位姓王的小姐，也是越州当地大户人家的女儿。

消息传来，唐闳夫妇很生气，唐琬更是心如刀割。她知道，陆游另娶王氏定是唐夫人一手安排的，绝非陆游的本意。

对于女儿遭遇的不公，唐闳看在眼里，疼在心里。为了不被世人看轻，唐闳开始为女儿再寻夫婿。

唐家虽是官宦世家，但唐琬毕竟已经有过一段婚姻，要想再嫁，绝非易事。正当唐闳一筹莫展之际，皇家后裔赵士程突然上门求亲了。

赵士程出生于1115年，比唐琬年长十多岁。他是宋太宗的五世孙，是真正的皇家血脉。他的曾祖父赵允让，和宋仁宗是兄弟。宋仁宗没有儿子,就从赵允让的儿子里挑选了一个继承皇位,就是后来的宋英宗。也就是说,赵士程的祖父和宋英宗是嫡亲兄弟。论辈分,他是当今皇上宋高宗赵构的叔叔。

赵士程性情宽厚,待人谦和,身上没有皇家后裔惯有的骄奢淫逸之气,在皇族宗室中口碑极好。

陆游的姨母是宋仁宗的女儿——秦鲁国大长公主的儿媳,而赵士程是秦鲁国大长公主的侄孙,因此,赵士程和陆游早就相熟。陆游迎娶唐琬时,赵士程还特地前来道贺。才貌双全的唐琬,给赵士程留下了深刻美好的印象。但唐琬是别人的妻子,赵士程自然不敢有非分之想。

赵士程的妻子体弱多病,年纪轻轻就病逝了,赵士程一直没有续弦。听说唐琬被陆家休了的消息时,赵士程不由得心中一动,这些年来,他心里中意的女子不正是唐琬吗!

然而,赵士程是王公贵胄,此时的唐琬根本配不上身份尊贵的他,但他完全不在乎。他顶住皇族的压力,力排众议,用娶正妻的八抬大轿来迎娶唐琬。唐闳夫妇和唐琬都很感动。就这样,唐琬成了赵士程明媒正娶的妻子。

六

赵士程用风光的婚仪排场挽回了唐琬的尊严,却没能让唐琬走出上一段婚姻的阴霾。赵士程知道唐琬心伤难愈,为治愈她的心病,他经常陪她游山玩水,千方百计淡化她心中的悲伤。

人心都是肉长的,赵士程的真情实意渐渐打动了唐琬,唐琬的心结渐渐打开。不久,唐琬还为赵士程生下了一个大胖儿子。赵士程开心极了,亲自为儿子取名为赵不熄。

唐琬以为,她将和赵士程携手共度余生。不料,一次意外的沈园重逢,再次打乱了她渐渐平静下来的心。

那是1154年春天,风和日丽,晴空万里,赵士程陪唐琬到沈园赏春。两个人正有说有笑时,恰巧遇到了也来沈园散心的陆游。刹那间,三个人都愣在原地,不知该说什么才好。

唐琬脸上细微的变化,都被赵士程看在眼里。他理解唐琬,明白解铃还须系铃人,就以处理公务为由,先行一步,让唐琬和陆游有机会单独聊聊。赵士程的大度,让唐琬心生感激,也让陆游心里荡起万千波澜。

八年不见,唐琬少了一些青涩,多了一些圆润,比过去更加明艳动人。而陆游呢,这么多年过去了,依然没有科举及第,依然没有进入仕途,渐渐心灰意冷。

物是人非,沧海桑田,两人闲聊了几句后,唐琬辞别陆游,转身离去。看着唐琬远去的背影,陆游感慨万千,顺手在沈园墙壁上写下了一阕《钗头凤》:"红酥手,黄縢酒,满城春色宫墙柳。东风恶,欢情薄,一怀愁绪,几年离索。错错错。春如旧,人空瘦,泪痕红浥鲛绡透。桃花落,闲池阁,山盟虽在,锦书难托。莫莫莫。"

几天后,当唐琬辗转听到这首《钗头凤》时,那颗好不容易才被赵士程治愈的心再次支离破碎。从此,唐琬郁郁寡欢,一病不起，不久后就缠绵病榻。

赵士程一片好意，想让唐琬和陆游解开心结，不料弄巧成拙，反而让唐琬再次跌入深渊。他托人遍访名医，可唐琬的病体仿佛风中残烛，次年就撒手人寰。

七

失去唐琬后，赵士程一夜之间衰老了很多。哀莫大于心死，他心中唯一念念不忘的，就是曾经对唐婉的承诺："生不纳妾，死不娶妻。"

"问世间情为何物，直教生死相许"，对爱情的是是非非，很难有公正的评断，但有一点是肯定的，如果没有沈园重逢，如果没有《钗头凤》，唐琬应该不会如此年轻就香消玉殒。

也许，陆游是真的爱唐琬，否则他不会常常去沈园凭吊过往，但再多诗词也无法令唐琬起死回生。如果唐琬从来没有遇到陆游，而是直接遇到了赵士程，那么他们在一起，也是幸福的爱情和婚姻。然而，唐琬的初恋是陆游，初恋永远最刻骨铭心。因此，在和陆游分开八年后，只因一次重逢和一首词，唐琬好不容易筑起的"心墙"瞬间轰然坍塌。那一刻，是"我对你仍有爱意，我对自己无能为力"；那一刻，是"曾经沧海难为水，除却巫山不是云"。这是唐琬的悲剧，也是赵士程和陆游的悲剧。

腊八依旧，香魂何在

一

1745年，乾隆十年。这一天，是农历十二月初八，俗称腊八节。寒风凛凛中，一个三十多岁、面容清癯、衣衫单薄的男子，来到北京西郊潭柘寺，只为吃一碗寺里熬了一夜的腊八粥。

有谁会想到，这个站在人群中安静等候腊八粥的男子，祖上曾经是"烈火烹油、鲜花着锦"的钟鸣鼎食之家——江宁织造曹家，他本人就是那个含着金汤匙出生的曹家公子曹雪芹？

当曹雪芹从住持手中捧过一碗热气腾腾的腊八粥，一口一口细嚼慢咽时，他是否还记得，很多年前，十四岁的他曾对比他小一岁的表妹说过一个和腊八粥有关的典故？如今，腊八依旧，香魂何在？这样想着想着，一行热泪便顺着他的脸颊悄然滑落，落在腊八粥里，再也辨不出什么滋味……

二

这一切,是基于这样一个假设——《红楼梦》中贾家的原型是清代康熙年间的江宁织造曹家,贾宝玉的原型是曹雪芹。曹家在1728年被抄家之前,一直过着锦衣纨绔、富贵风流的生活。《红楼梦》中的贾家亦如此。

某年某月某日的午后,十四岁的"富贵闲人"贾宝玉,去潇湘馆看十三岁的表妹林黛玉。走进潇湘馆,屋内静悄悄的,丫鬟们不在,黛玉正在午休。宝玉轻手轻脚走到床边,推她道:"好妹妹,才吃了饭,又睡觉?我替你解闷儿。"黛玉虽然应了一声,却并未完全清醒,有些迷迷糊糊。

在父亲面前,宝玉吓得大气都不敢出,但在黛玉面前,他可是个"话痨子"。他一会儿问黛玉几岁来京,一会儿问黛玉路上见何古迹,一会儿问黛玉江南有何民风民俗……黛玉躺在床上,懒洋洋的,并不搭理。

宝玉怕她睡出病来,就故弄玄虚道:"你们扬州衙门里有一件大故事,你可知道?"这下,黛玉终于转过身来,问道:"什么事?"宝玉见她问,就忍住笑随口胡诌:"扬州有一座黛山,山上有个林子洞。"黛玉嗔道:"扯谎,从没听过这山。"宝玉道:"天下山水多着呢,你哪里知道这些不成。等我说完了,你再批。"黛玉道:"你且说。"

于是,宝玉编了一个调侃黛玉的故事。林子洞里有群耗子精,腊月初七，老耗子对众耗子说："明日是腊八，世上人都熬腊八粥。我们洞里果品短少，要趁此打劫一些才好。"耗子们忙去打探了一番，回来禀告："山下有座庙，庙里米豆成仓，红枣、栗子、花生、菱角、香芋，要啥有啥。"老耗子大喜，立即调兵遣将。于是，耗子们偷米的偷米，偷豆的偷豆，最后只剩下香芋还没着落。这时，一个看似柔弱的小耗子说："我去偷香芋。"老耗子看它这样弱小，不准它去。不料，它却说："我虽年小身弱，却是法术无边，包管比它们偷得还巧呢。"老耗子忙问："如何比它们巧呢？"小耗子说："我只摇身一变，变成个香芋，滚在香芋堆里，使人看不出、听不见，暗暗地用分身法搬运，岂不更巧？"老耗子听了，说："妙虽妙，只是不知怎个变法，你先变个我们瞧瞧。"小耗子摇身一变，却变成了一个最标致、最美貌的小姐。耗子们笑道："变错了，变错了，说好要变香芋，怎么变成了小姐？"小耗子笑道："我说你们没见过世面，只认得香芋，却不知盐课林老爷家的小姐才是真正的香玉呢。"

三

宝玉到底是有才情的，虽是胡诌，却诌得有模有样。他将"香芋"和"香玉"一语双关，将眼前这个标致美貌的表妹，比作那个伶牙俐齿的小耗子。

黛玉也是冰雪聪明的人，才听几句，就知道宝玉是在调侃她。她翻身而起，按住宝玉笑道："我就知道你是编我呢！"说着，便拧得宝玉连连告饶:"好妹妹,饶我罢,再不敢了!我因为闻你香,忽然想起这个典故来。"黛玉笑道:"饶骂了人,还说是典故呢。"

读《红楼梦》时,我常常觉得,宝玉和黛玉之间既有缘定三生的缠绵,也有从小玩闹惯了的天真。或许,只有在从小"一床睡觉、一桌吃饭"的同伴面前,才能卸下成人世界的伪装,真情流露。正如此刻,原本稀松平常的腊八粥,却成了宝玉和黛玉之间最动听的"情话"。

不过,当宝钗出现时,气氛就不一样了。《红楼梦》中写道,一语未了,只见宝钗走来,笑问:"谁说典故呢?我也听听。"这时,黛玉"忙起身让座",宝玉也停止了说笑,向宝姐姐问好。或许,宝钗的悲哀,是她明知自己永远无法分享宝玉的深情,也无法代替黛玉在宝玉心中的位置,却仍情不自禁。终其一生,她始终陷在"宝二奶奶"的虚名中,一厢情愿,无法自拔。

四

不久后,贾府获罪抄家,贾母去世,凤姐病倒,宝玉入狱,贾家一夜之间"家破人亡"。

在一个月光凄冷的夜晚,病重的黛玉带着对宝玉的刻骨思念,独自来到当年和湘云一起联诗的水潭边,心中念着"寒塘渡鹤影,冷月葬花魂",身子便一点一点沉入湖中,再也没有浮起。

再后来,宝钗如愿嫁给了宝玉,但即使婚后相敬如宾,宝玉一辈子心心念念的，始终只有一个林妹妹。

"都道是金玉良缘，俺只念木石前盟。空对着，山中高士晶莹雪。终不忘，世外仙姝寂寞林。叹人间，美中不足今方信。纵然是举案齐眉，到底意难平。"

宝玉和黛玉之间的爱情，早已深深嵌入彼此的青春记忆。这世上，没有什么力量可以将他们分开，即使死亡也不可以。

五

1745年，距离江宁织造曹家被抄家，已过去了十七个年头。当年那个十四岁的富贵公子，经历了家族的繁华幻灭和人生的跌宕起伏后，是否真正听懂了跛足道人唱的《好了歌》，明白了"世上万般，好便是了，了便是好。若不了，便不好，若要好，须是了"？

对曹雪芹来说，从繁华到幻灭，是弹指刹那，也是恍如隔世。往后余生，他活着的最大动力，就是将他经历过的那些人、那些事诉诸笔端。即使"蓬牖茅椽，绳床瓦灶"，即使"举家食粥酒常赊""卖画钱来付酒家"，他也从未放弃著书立说。因为只有当他提起笔来的时候，他才觉得，那些和他一起走过青春岁月的姐姐妹妹，仿佛还活着……

正如手中这一碗热气腾腾的腊八粥，他曾经深深爱过的那个人，是他在这个惨淡人间继续前行的唯一温暖。他咽下了最后一口腊八粥，深深地叹了口气。原来，努力活下去，比死去更为艰难。

1763年,四十八岁的曹雪芹"稿未完而人先亡"。从此,"满纸荒唐言,一把辛酸泪"的《红楼梦》,成为他留给后人的千古谜团,永远无法解开。

对他来说,《红楼梦》是否写完并不重要,重要的是,在另一个世界,他将和他的爱人重逢,他们可以再次聊起那个和腊八粥有关的典故。那一刻,布衣暖,菜根香。愿时光永远定格在那一刻。

未曾谋面的知音

一

1763年,四十八岁的曹雪芹离开了这个并不值得他留恋的世界。他不留恋这个世界,却为世界留下了一份连他自己都想不到的宝贵遗产,那就是他倾注十年心血写就的《红楼梦》。

关于《红楼梦》,曹雪芹只写了前八十回,还是都已写完,但部分章节遗失了?随着曹雪芹的去世,这已经成了红学研究的一个谜团。

《红楼梦》就像断了臂的维纳斯,虽然有残缺,却无损它的魅力。当然,遗憾是有的。民国才女张爱玲曾说,人生有三恨:一恨鲥鱼多刺,二恨海棠花无香,三恨《红楼梦》未完。

其实,张爱玲的三恨中,她真正想要表达的,是"《红楼梦》未完"。至于不着调的"鲥鱼多刺"和"海棠花无香",无非是为了烘托"《红楼梦》未完"而已。

二

对"《红楼梦》未完"深以为恨的,当然不只张爱玲。曹雪芹去世后,读者们纷纷用行动表达了对《红楼梦》的真爱。行动之一是抄写《红楼梦》前八十回手稿。皇皇八十万字的巨著,光是读一遍就得花大量时间,何况是一个字一个字地纯手工抄写?这是多大的真爱。

行动之二是为《红楼梦》写续集。很多读者看完八十回后,意犹未尽,就摩拳擦掌,纷纷写起了续集。续集的情节,五花八门。比如,有人写宝玉修道有成,进了太虚幻境,玉帝下旨让宝黛成婚;有人写一番兜兜转转后,黛玉、宝钗、紫鹃、晴雯通通嫁给了宝玉;有人写黛玉死了,被警幻仙姑救活,宝玉发奋读书,同时娶了黛玉、宝钗,过上了一夫二妻的幸福生活……

无论是抄写《红楼梦》前八十回手稿,还是为《红楼梦》写续集,都无法解决一个问题,那就是——因为《红楼梦》没有写完,没有哪个出版商愿意出版一本尚未写完的书。因此,曹雪芹去世后的二十多年里,《红楼梦》只能以手抄本的形式在民间传播。

三

直到1791年,在曹雪芹去世二十八年后,有两位痴迷《红楼梦》的"超级粉丝",为曹雪芹实现了未了的心愿——正式出版《红楼梦》。

这两位"超级粉丝",一位是高鹗,比曹雪芹小四十三岁,曹雪芹去世时,他才五岁。有说他是清代汉军镶黄旗内务府人,也有说他是镶黄旗人,非汉军旗人;一位是程伟元,比曹雪芹小三十岁,江苏苏州人。

先说高鹗和《红楼梦》的缘分。高鹗出生于1758年,父亲是读书人,家里有田产,住在北京郊区。高鹗少年时期喜欢交友,常同少时酒伴"趁蝶随风,浪赢两袖香留",不太遵守儒家礼教,和《红楼梦》中的贾宝玉有几分相似。到了青年时期,受家庭影响,高鹗开始追求功名,热衷仕进,但几次赶考都名落孙山。他有些灰心,一度离开北京,去做私塾先生和幕宾。在这个时期,高鹗还谈了一场刻骨铭心却没有结果的恋爱。因种种原因,他心仪的女子最后出家信佛,他在诗词中经常提到这段爱情。

在科场上折腾了很久,直到1788年,而立之年的高鹗终于如愿中顺天乡试举人。高鹗以为从此前途一片光明,但在接下去的会试中,他一再失败,渐渐身心俱疲。百无聊赖之际,他在友人家里看到了《红楼梦》前八十回手抄本,不看则已,一看则一发不可收拾。他一口气看完八十回,不见后半部,深以为憾。

巧的是,1791年春天,程伟元来找高鹗了。程伟元为何来找高鹗?因为《红楼梦》。

四

1745年，程伟元出生于江苏苏州的一个士大夫家庭。受家庭影响，程伟元从小饱读诗书，以搜集各种古籍孤本为乐，对于世人孜孜以求的功名利禄，他却并未放在心上。

曹雪芹去世时，程伟元十八岁。他看过《红楼梦》前八十回后，就再也忘不了这部奇书，且非常敬佩曹雪芹，发愿要找到《红楼梦》的残稿遗篇。为了搜寻残稿遗篇，程伟元特地来到北京，尽一切可能去找《红楼梦》的手抄资料。功夫不负有心人，1791年春天，程伟元自认搜集得差不多了，想到了高鹗，知道高鹗也对《红楼梦》非常上心，就特地来到高鹗家，和高鹗商量一件大事。这件大事就是邀请高鹗编辑整理历年搜求所得的《红楼梦》前八十回手抄本和后四十回残抄本，让《红楼梦》成为一部完整的书，从而得以正式出版。

在高鹗看来，简直是"心有灵犀一点通"——程伟元想做的事，不也正是他想做的事吗！

于是，两人一拍即合，说干就干，对后四十回残抄本的各种版本进行分析考证，截长补短，并根据他们对前八十回人物、情节的理解进行合理想象。编辑校对工作之繁杂，可想而知。

五

1791年冬至后五日，程伟元将高鹗整理的四十回附在曹雪芹的八十回后，以木活字排印，出版了一百二十回本的《红楼梦》，史称"程甲本"。这是《红楼梦》出版史、传播史上第一个工程浩大的印本。这时，距离曹雪芹去世，已足足二十八年。

曹雪芹生前一定不会料到，在他去世二十八年后，他生前的"满纸荒唐言"竟然能够出版，而且成了畅销书，并将一直畅销下去。

由于印刷时间仓促，编校排印不够仔细，程甲本刚一问世，就被发现了很多瑕疵。于是，高鹗与程伟元赶紧着手修订，"复聚集各原本，详加校阅"，在程甲本基础上"补遗订讹""略为修辑"，于1792年2月重新排印出版，这就是"程乙本"。

在程乙本中，程伟元、高鹗合撰了引言，在引言中提及："此本前八十回是在参考各种旧抄本的基础上补足缺文，订正讹误，其间偶尔也有增损几个字的情况。而后四十回仅存残本，并无别的版本作参考，因此只能按照残稿前后次序，在空缺处打上补丁，使叙事连续，以减少矛盾。"

高鹗对自己参与编辑、整理、出版《红楼梦》很欣慰，写了一首题为《重订〈红楼梦〉小说既竣题》的诗，由衷感叹"悟得光明自在禅"。

鲁迅曾如此评价高鹗："其补《红楼梦》当在乾隆辛亥时，

未成进士,闲且惫矣,故于雪芹萧条之感,偶或相通。"

六

张爱玲曾写过《红楼梦魇》一书,书中提到,她读《红楼梦》时,读到第八十一回,就感觉"天日无光,百般无味"。或许,在红学迷们看来,高鹗、程伟元整理的《红楼梦》后四十回,有点"狗尾续貂",差强人意。其实,今天我们谈论高鹗、程伟元所做的工作,不必拘泥于他们整理创作的后四十回到底有多大文学价值,而应看到他俩对《红楼梦》的最大贡献是实现了《红楼梦》形式上的完整,让《红楼梦》具备了出版的条件,从而使《红楼梦》从"手抄本时代"迈向了"印刷本时代",得以永久保存下来。很难想象,如果没有印刷本,《红楼梦》还能流传至今吗?

资深红学家俞平伯说:"程伟元、高鹗是保全《红楼梦》的,有功。"中国红学会会长张庆善也说:"《红楼梦》能够流传,高鹗是第一功臣。"今天的我们能够读到《红楼梦》,不能忘记高鹗和程伟元。

七

曹雪芹在《红楼梦》开篇中写道:"今风尘碌碌,一事无成,忽念及当日所有之女子,一一细考较去,觉其行止见识皆出我之上……我虽不学无文,又何妨用假语村言敷演出来,亦可使闺阁昭传。"曹雪芹"我手写我心",用他的笔将他记得的那些人、那些事一一诉诸笔端,这是对这些人和事的一个交代,也对得起自己的初心。

程伟元、高鹗和曹雪芹是同一类人。他们虽然不曾见到曹雪芹,但他们的精神世界是相通的。如果曹雪芹泉下有知,一定深深感念程伟元、高鹗为《红楼梦》所做的一切。

焚一炷清香,向曹雪芹致敬,向程伟元、高鹗致敬,向经受时间考验的文学经典致敬。

五、番外

谁是谁的执念（一）

一

感情之于人，是如此奇妙。人若不动情，便是铜墙铁壁；人若动了情，便有了软肋，有了死穴。对文学创作来说，爱情是永恒的主题。

二

即便不以爱情为主题的《西游记》，其实也有让人无法释然的爱情。

漫漫取经路上，唐僧师徒经历了九九八十一难。对唐僧来说，最难的是哪一关？窃以为，是女儿国。

自认早已跳出三界外、不在五行中的唐僧，面对温柔多情的女儿国国王，听她百转千回、轻轻唤他"御弟哥哥"时，难道真的不曾心动？只是最终理智战胜了情感。

苍茫天地间,他一身袈裟,绝尘而去,她泪眼婆娑,挥手作别……

以爱情为主题的《红楼梦》,自然更是将"情"写到了极致。"开辟鸿蒙,谁为情种?都只为风月情浓。趁着这奈何天、伤怀日、寂寥时,试遣愚衷。"整部《红楼梦》,其实都围绕着一个"情"字展开。纵观中国古典文学,在一对对才子佳人的故事中,能在青春岁月里遇见真爱、谈一场伟大恋爱的,首推宝玉和黛玉。

他们第一次相见时就惊呼"似曾相识",冥冥之中,他们相信,此生这样相爱,一定是因为前世也这样爱过。而宝钗的悲哀,用宝玉的话说,就是"纵然是举案齐眉,到底意难平"。

三

我从小喜欢《红楼梦》。可以说,我对文学的喜欢,源自《红楼梦》;我对写作的坚持,源自曹雪芹先生。

文章千古事,得失寸心知。曹雪芹写《红楼梦》的十年,无疑是清苦、孤独的。他生活清苦,只能靠友人接济,划粥而食;他精神孤独,除了"脂砚斋"等三五好友,几乎没有什么朋友。但无论多么清苦、孤独,他都不曾打消写《红楼梦》的决心,因为他看重的不是他人的认可,而是自己的内心。

他在《红楼梦》开篇中写道:"今风尘碌碌,一事无成,忽念及当日所有之女子,一一细考较去,觉其行止见识皆出我之上……我虽不学无文,又何妨用假语村言敷演出来,亦可使闺阁昭传。"曹雪芹将他记得的那些人、那些事，一一诉诸笔端，不求被多少人看见，而是勇敢而真实地表达。表达，就是对这些人和事最好的交代。

四

很多读者说，读我的长篇历史小说《红豆生南国》，字里行间隐隐有《红楼梦》的味道。是的，我受《红楼梦》影响很深。可以说，《红楼梦》是指引我写完《红豆生南国》的指南针。

巧合的是，一百二十回《红楼梦》共九十六万字，我没有刻意控制《红豆生南国》的字数，写完《红豆生南国》，才发现刚好也是九十六万字。而且，《红豆生南国》原来的书名是《此物最相思》，书稿交给出版社后，编辑建议改为《红豆生南国》，刚好和《红楼梦》都有一个"红"字。

和《红楼梦》写尽世间各类感情一样，《红豆生南国》虽是历史小说，但也以感情为主线，讲述了众多男男女女纷繁复杂的感情。比如，王维和崔璎珞、王维和玉真公主、李白和玉真公主、李隆基和武惠妃、李隆基和杨玉环、李瑁和杨玉环、高仙芝和王莲儿、霍国公主和裴虚己、李林甫和武玉娘……

他们无不在红尘中有悲有喜，有风有雨，到了生命的尽头，回首一生，或许是"卿君埋泉下泥销骨，我寄人间雪满头"，或许是"一生几许伤心事，不向空门何处销"，又或许是"回首向来萧瑟处，归去，也无风雨也无晴"……

五

作为《红豆生南国》的作者,我忽然心生一念,想和大家聊聊书中男男女女的爱恨纠缠。

当你来红尘走一遭,你可能在对的时间遇到了对的人,可能在错的时间遇到了对的人,可能在对的时间遇到了错的人,也可能在错的时间遇到了错的人……如果你恰好遇到了对的人,那么无论时间对错,这个人都会在你心里拿到满分。对王维和璎珞来说,他们是彼此的满分;对玉真公主来说,王维是满分;对李白来说,玉真公主是满分……拿到了满分,便也成了执念,正如《何以笙箫默》中何以琛的经典告白:"如果世界上有那个人出现过,那么其他人都会变成将就,而我不愿意将就"。

身处红尘,谁是谁的白月光?谁是谁的朱砂痣?谁又是谁放不下、忘不掉的执念呢?到头来,还是应了这句话:"深情最是磨人,常把一生揉尽。"

谁是谁的执念（二）

一

生命中，有的人只来了一程，却会在别人心里停留一生。譬如一灯，灼于暗室；譬如微风，点燃荒野。对王维和璎珞来说，他们是彼此在对的时间遇到的对的人。

这一生，他们把最真最浓的爱，都给了彼此。在王维无端被贬的人生低谷，璎珞千里迢迢来长安看他。他拥她入怀，又喜又愧："璎珞，如今我是一个被贬之人，让你跟我一起吃苦，我心中着实不忍。"

璎珞摇头微笑，目光温柔而坚定："摩诘，我虽是一介女子，却也明白人生在世孰轻孰重。我看重的，从来都不是这些，而只是和心上人朝朝暮暮。"

世间男女何其多，但在王维和璎珞心里，却只有彼此一人而已。

他说:"今生今世,我的马鞍只为你一人而留。"

她说:"这世上,如果有一个人值得你为他操心,便是莫大的幸福。"

他们是彼此的"弱水三千,只取一瓢饮",他们的相逢是金风玉露,胜却人间无数。

二

王维和璎珞的相识、相遇和相爱,没有早一步,也没有晚一步,而是"原来你也在这里"。

不是吗?718年元宵佳节,冥冥之中自有天意,王维和璎珞的心弦都被轻轻拨动了。从此,王维心里便再也装不下其他女子。即使有女子贵为公主,也拿他无可奈何,因为他早已把爱都给了璎珞。

璎珞确实值得王维深爱。婚后,从小锦衣玉食的璎珞,为王维洗手做羹汤,王维拥璎珞入怀,不由得感叹:"璎珞,我总是小看了你。"

是的,当他尚未科举及第时,他以为璎珞会看不上他;当他无端被贬时,他以为璎珞会无法接受这个事实;当他被贬谪济州时,他以为璎珞会吃不了济州的苦。可是,他全然想错了。他的璎珞,从来都不是这样的女子。他的璎珞,值得拥有这世上最好的爱,他要用长长的一生去读懂她。

三

他以为，他和璎珞会有漫长的一生，万万没有料到，他和璎珞朝夕相处的日子，只有短短的七年。

从 721 年到 728 年，那是一段多么美好的时光！他们将寻常日子过成了一首诗，将对彼此的深情融入了一针一线、一饭一蔬、一琴一曲、一字一画……

璎珞慧心巧思，但凡和王维有关的事，她从来都是亲力亲为，尤其是吃穿用度，从来不肯少操半分心。

一年四季，她为王维缝制了许许多多雅致的衣衫。在圆领袍的下摆和袖口处，她都用银色丝线绣了一圈圈舒卷的云纹。在她心里，王维就像碧空中悠悠飘过的一片云，气度高华，超然物外。王维常常感叹："璎珞，这世上，除了你，再也没人能绣出如此雅致的花纹了。"

王维擅长丹青，除了为璎珞画像，偶尔也会调皮地给她一些惊喜。比如，在璎珞喜欢的六幅雪白绫裙上画上数枝水墨荷花，清雅随意地散落在裙裾两侧。当璎珞莲步轻移时，荷花栩栩如生，呼之欲出，似乎连荷香也隐约可闻。

四

王维擅长音律，禀赋过人。丝竹管弦，任何乐器到了他手上，定能被玩得炉火纯青。但他从不恃才傲物,更不爱在人前炫耀,众人难得听他吹上一曲。但若是璎珞想听,他便欣然而奏。

某个凉风习习的夏夜,王维和璎珞在一池荷花边赏月看星,璎珞想听王维在月下吹笛,王维提议璎珞用琵琶相和,一起弹奏他们的定情曲——《阳春古曲》。

璎珞巧笑嫣然:"若是弹得不好,你可不许笑话我。"王维哈哈笑道:"娘子只管弹奏,我来和你便是。"

于是,便有了让王维一辈子都无法忘怀的一幕:当璎珞弹奏到《阳春古曲》第二节第一拍时,他的笛声恰到好处地悠然响起,和璎珞指尖的琵琶声融为一体,清越柔和。璎珞抬头看向他,他也低头看向她,彼此会心一笑。这样的琴瑟和鸣,不是刹那,而是永恒……

五

很多年后,王维依然记得,多少个月明星稀的夜晚,抑或蝉鸣声声的午后,璎珞最爱玩的一个游戏就是拿起《晋书》,随意翻到其中某页,让他说出此页第一句话。若是他说对了,璎珞认罚;若是他说错了,璎珞罚他。

他从小熟读《晋书》,当然知道书中每一页的每一句话,因此,他说对或说错,取决于他想罚璎珞还是被璎珞罚。

他喜欢看璎珞一脸惊喜地说"摩诘,这回可是你说错了"时那种娇憨中带着些许得意的神情,便故意说错几回。不过,大部分时候，都是他罚璎珞，罚她陪他浅斟慢酌，罚她为他红袖添香，当然，更多的是罚她乖乖躺在他的怀中……

六

对王维来说，728 年的夏天，是他生命中的至暗时刻，他每每想起，都心痛如绞。

"摩诘，我这次大概真的熬不过去了。无论如何，一定要保住孩子。"

"璎珞，我不许你说傻话，我不允许你有事！"

"摩诘，对不住，这次我恐怕不能陪你了……"

"璎珞，你答应我的，你一定要陪着我！我也定会陪着你！"

然而，璎珞还是放开了他拼尽全力试图从死神手里拉回的她的手，无力地闭上双眼，一行清泪顺着她的眼角悄然滑落……悲剧，就是把美好的事物毁灭给人看。

从此，丧妻之痛，成了王维一生都无法愈合的伤疤，每每揭起，便是撕心裂肺的痛。

多少个夜阑人静的不眠之夜，他焚香独坐，想起他和璎珞在一起时的点点滴滴。往事如此清晰，清晰得仿佛只需他轻唤一声"璎珞"，璎珞那银铃般的笑声便能在耳畔响起；仿佛只需他一回头，璎珞就会倚在床头说"摩诘，我的手脚好冷，你帮我捂热可好"……然而，他不敢轻唤，也不敢回头，只是这样想着想着，眼泪便不知不觉湿了青衫。

这人生，竟是这样空虚、落寞、悲凉、寂寞。心，就这样一点一点痛得失去了知觉。最后，便只剩下悲伤和无力，再也说不出一句话来。

他知道，树木最坚硬的地方，是结痂的伤疤。一个人心里最痛的地方，终将成为他最坚强的地方。

在经历过丧妻之痛后，世间已没有什么事是他不能面对的了。往后余生，他尘封了自己，布衣芒鞋，粗茶淡饭，不是不懂得享受，而是"曾经沧海难为水，除却巫山不是云"。

晚年的他，更是"斋中无所有，唯茶铛、药臼、经案、绳床而已。退朝之后，焚香独坐，以禅诵为事"。

七

我脑海中一直有这样一个画面：秋风乍起，层林尽染，王维漫步于红枫遍野的山间，不知不觉走到了溪水尽头。他不慌不忙，抬头远眺，只见天上云卷云舒，时有雁阵飞过。他蓦然想起，很多年前的秋天，璎珞不远千里来长安看他，他在送她回家的路上，在她耳畔说："璎珞，今生今世，我的马鞍只为你一人而留。"

这样想着想着，他嘴角渐渐上扬，眼中闪过只有面对爱人时才有的光芒，缓缓吟道："行到水穷处，坐看云起时。"此时，夕阳西下，他宽袍缓带的从容背影，一点一点消融在苍茫无边的天地之间。

林清玄说:"最好看的电影,结局总是悲哀的,但那悲哀不是流泪或者号啕,只是无奈,加上一些些茫然。"

电影《卧虎藏龙》中,李慕白说:"把手握紧,里面什么也没有;把手松开,你拥有的是一切。"

爱之伤痕,唯爱能愈。于王维而言,"诗佛"不是生来就两手空空、了无烦恼,而是历尽红尘、看遍繁华后,"行到水穷处,坐看云起时"的淡淡一笑。

不悲,不喜,不忧,不惧……

谁是谁的执念（三）

一

什么是"一眼万年"？或许，只有遇见那个值得守候万年的人时，才会有这样的感觉。

玉真公主第一次看到王维时，就有了这样的感觉。很多年后，遇见了那么多人，经历了那么多事后，她依然有这样的感觉。

无论在多么喧哗的人群中，她总能一眼看到他，因为他身上有种与生俱来的光华。这样的光华，即便在她皇兄身上，也不曾有过。

二

玉真公主出生于692年，是李隆基一母所生的同胞妹妹，比李隆基小七岁。

她出生才一年，生母窦德妃就被武则天秘密赐死。她的童年是在残酷的宫廷斗争中度过的。她从小就耳闻目睹了祖母武则天、姑姑太平公主、伯母韦后、堂姊安乐公主血腥的权力厮杀。

711年，二十岁的她，在王屋山出家为道。

712年，李隆基登基后，心疼玉真公主，劝她返回皇宫。但玉真公主早已看透世事，以为亡母超度祈福之名，执意留在道观，了此余生。她原以为这辈子也就这样平静地过去了，直到719年春天，二十八岁生日那天，她遇到了比她小九岁的王维。

陌上人如玉，君子世无双。随着"铮"的一声，当王维手抱琵琶，在她面前弹奏《郁轮袍》时，王维拨动的岂止是琵琶，更是她的心弦。她原本平静无波的心湖，荡起了层层涟漪……原来，她过去的二十八年人生，是有遗憾的。

从未遗憾岁月匆匆、青春易逝的她，在这一刻却忽然觉得，如果能年轻十岁，该有多好！

三

玉真公主义无反顾地爱上了王维。

721年，当王维金榜题名、大魁天下时，她决定结束十年的道观生涯，回到红尘，和王维携手余生。然而，她忘了一点，王维愿意吗？

她以为，王维会和天下人一样，在帝王家的滔天富贵面前，谁人不动心？谁人会拒绝？但命运跟她开了一个玩笑，王维偏偏和世人不一样。

她对他付出了真心，却换不来他的真爱。即使她让皇兄强行赐婚，也只能得到他的人，终究得不到他的心。

从期望到失望，从失望到绝望，最后，她选择了放手。因为虽然她深爱他，但如果爱情需要乞讨，她宁愿不要，这是她身为大唐公主最后的尊严。

四

王维和崔氏成亲了，王维和崔氏有孩子了，王维辞官归隐了，崔氏难产而亡了……从721年到728年，虽然她和王维相隔千山万水，但有关王维的任何消息，依然深深牵动着她。

她去王屋山修道，不由得想到王维的老家就在王屋山附近；她看到天资聪颖的高仙芝，不由得想到王维小时候是不是也这般模样。正如《听闻远方有你》中唱的那样，我吹过你吹过的风，这算不算相拥？我走过你走过的路，这算不算相逢？

731年，她终于和王维重逢。此时，王维丧妻三载。她以为，这一次，王维再也没有理由拒绝她了。

在青城山的习习凉风中，她和王维近在咫尺，她听见自己幽幽地问他："摩诘，十年前，四哥问过你的问题，今日我若再问你一次，你会如何作答？"

她和王维都明白，那个问题，就是"你可愿意成为驸马"。

这一刻，似乎连风都停了下来，周遭死一般寂静，她能听见自己的心跳声，一声声，那么急促。

然而，她并没有等来想要的答案。良久之后，王维对她深深行了一礼："微臣只愿公主永不会问我。"

五

其实，发生青城山的一幕后，王维不是没有认真想过他和玉真公主之间的事。

认识公主十二年来，扪心自问，他对得起公主吗？答案是——对不起。

当他听到公主问他"十年前，四哥问过你的问题，今日我若再问你一次，你会如何作答"，他该如何回答？他能如何回答？如果他开口，依然只是那三个字——对不起。

是的，对不起。他明知道自己对不起公主，但依然只能告诉她这三个字。

说真的，凭他再是铁石心肠，面对公主如此炽热、执着的爱，怎能没有半点感觉？然而，这些感觉到底还是愧疚、感动和不忍，这些愧疚、感动和不忍，到底还不是爱情！

他的爱情，早在璎珞被老天带走的那一刻，也被老天带走了！从此，他觉得自己已经没有爱的资格，也没有了爱的能力。在漫长的余生里，他只想做一件事——为因他而死的璎珞孤独终老！

正因如此，他只能狠下心来，冷语相向，拒公主于千里之外。他宁可公主恨她薄情，恨他寡义，也不愿让公主继续对他心存幻想、痴痴等候……

六

或许，有些人，有些事，虽然明知是劫是痛，却不忍忘记，不愿放下，因为这一生便是为此劫此痛而来。对玉真公主来说，王维便是她的劫、她的痛。她无数次扪心自问："如果时光可以倒流，我还愿意和他相遇吗？"她的答案始终不变——我愿意。

即便知道爱情是劫是痛，依然不悔当初的遇见。即便心中伤痕累累，依然笑着流泪："我爱你，和你无关。"因为如果生命中没有此劫此痛，这一生，似乎就只剩下了这具皮囊，而没有灵魂的皮囊，何其可悲。

爱而不得虽然痛苦，但至少因他而有了牵挂，这不也是另一种幸福？因此，安史之乱爆发后，在一次又一次死亡的边缘，她只想对他说："摩诘，国破家亡之时，生无可恋，死不足惜。我之所以活着，只为和你重逢。"

是的，这一生，对她来说，他是千帆过尽的欢喜，是踏遍山河的值得。因为他，人间值得。

谁是谁的执念（四）

一

曾经以为李隆基最爱的女子是杨玉环，如今觉得李隆基最爱的女子并非杨玉环，而是杨玉环的婆婆——武惠妃。

714年秋天，当十六岁的武落衡出现在三十岁的李隆基面前时，李隆基不由得惊呼，这是上天赐给他的最好礼物！他的目光再也无法从她身上移开。这位李家三郎的心，就像他祖父李治那样，被一个姓武的女子占据得满满的，再也容不下其他佳丽。

巧的是，李治和李隆基的皇后都姓王。当王家女子遇到武家女子，李家天子的心，都给了后者。

从714年到738年，李隆基专宠武落衡二十四年。武落衡为李隆基生育四个皇子、三个皇女。其中，皇子李瑁距离太子仅一步之遥。

可以说，武落衡完美继承了姑祖母武则天的惊世美貌和惊人心计，牢牢俘获了李隆基的心。

二

武落衡出生于 699 年，她的曾祖父叫武士让，是武则天的父亲武士彟的兄弟。论辈分，武落衡的父亲武攸止是武则天的堂侄，武落衡是武则天的堂侄孙女。

武落衡无疑拥有惊世美貌。在李隆基眼里，她那眼波流转的妩媚、玲珑曼妙的身姿、吹弹可破的肌肤，无须描红画翠，便让他看她千遍亦不倦。

然而，以色事君，终不能长久，更何况帝王身边永远不缺美艳的女子。因此，想要长长久久拥有帝王的专宠，除了美貌，更需要心计。

武落衡的心计，是从小耳濡目染得来的。因为父亲武攸止早逝，武落衡从小养于宫中，在武则天身边长大。寄人篱下，自然就要学会察言观色，更何况是在本就波谲云诡的宫廷。因此，武落衡从小性情乖巧，善于逢迎。

在李隆基和武落衡之间，表面上看起来，武落衡是李隆基的猎物，可以被玩弄于股掌之间，其实，武落衡才是一个美艳的猎人。她欲擒故纵，香艳撩人，一步一步出牌，一步一步征服了李隆基。

三

武落衡的第一张牌——善解人意的温柔。

寻常百姓家的天伦之乐,在帝王家很少见,尤其是对从宫廷政变中披荆斩棘、杀出重围的李隆基来说,天伦之乐似乎遥不可及,但武惠妃让他拥有了。

726年夏天,在武惠妃的含凉殿,有这样一幕其乐融融的情景——

穿着一身家常绛纱袍的李隆基,正靠在一张设着六扇屏风的榻上,和一个五六岁的小男孩对弈。身穿海棠红绣花罗衫,挽着翠色披帛,头上用玉簪松松挽着一个反绾髻的武惠妃,半倚在李隆基身边,时而看父子对弈,时而逗弄被乳母抱在怀中的小婴儿。一个梳着双环髻的四五岁的小女孩,正伏在李隆基膝前,专心致志地看父皇和哥哥下棋,端的是一幅其乐融融的天伦之乐图。

这个五六岁的小男孩,是李隆基和武惠妃的第四个孩子、寿王李瑁;李隆基膝上的小女孩,是他和武惠妃的第五个孩子、比李瑁小一岁的咸宜公主;乳母怀中的婴儿,是武惠妃前一年秋天刚为李隆基生的第六个孩子——小皇子李琦。

对李隆基来说,武落衡就是他心头的解语花。当他为朝政大事烦心时,她总是会软语相慰。她的声音似有一种魔力,听了她的话,李隆基的烦恼便会去了大半,心情熨帖得如同大热天喝了冰酪浆,他看她的眼神就越来越眷恋和宠溺。

四

武落衡的第二张牌——恰到好处的示弱。

在世人看来,她是天下最幸福的女子,但对她来说,却有两个未圆的梦。

第一个梦,是皇后梦。这个梦,在724年差点实现,但最终与她擦肩而过。那年,李隆基废了王皇后,想立当时还是婕妤的她为皇后。但是,因为她是武家后人,李隆基此举顿时在朝堂引起轩然大波,朝臣们无不激烈反对。最后,李隆基只好退了一步,立她为惠妃,并让她享有与皇后同等的服秩品级待遇。虽然不是皇后,胜似皇后,但她总觉得是个遗憾。

第二个梦,是废掉太子李瑛,改立她的儿子李瑁为太子。李瑛是李隆基的次子,生性厚道,谨言慎行。她觉得皇后之梦已经不可得,太子之梦总要想方设法实现。

自古以来,太子之废立,都是极其慎重的大事。该如何向李隆基提这件事呢?武惠妃想到了在一个恰当的时机示弱。这个时机,就是732年秋冬她陪李隆基去骊山华清宫度假。

为了这一刻,她做了精心准备。她让高力士邀请李隆基来星辰汤沐浴温泉,她要给李隆基一个惊喜。果然,李隆基看到身上只披了一件薄如蝉翼的粉色轻纱的武惠妃时,只觉得胸口都快要炸裂了,顾不得脱去中衣,便将她打横抱起,快步向汤池走去。

两人在星辰汤尽享鱼水之欢后,武惠妃躺在心情大好的李隆基怀中,故意叹了口气道:"陛下,不知为何,每次来到华清宫,衡娘便会想起咱们那三个可怜的孩儿……"

说起这三个早夭的孩子,李隆基心里就不好受,不由得紧紧搂住武惠妃道:"衡娘,是朕没有护好你,是朕没有护好咱们的孩子,是朕对不住你!你放心,从今往后,朕决不会让你和孩子们再受任何委屈!"

看李隆基如此动情,武惠妃心头暗喜,趁机梨花带雨道:"多谢陛下垂怜,衡娘有一个小小的心愿,不知陛下能否答应。"

此时此刻,李隆基的心早就融化了,答应武惠妃道:"你便是想要这天上的星辰,朕也会答应你。"

于是,武惠妃不失时机地开口了:"陛下,衡娘不要漫天繁星,衡娘只愿瑁儿能得陛下垂青,有朝一日成为太子。"

此时此刻,面对这般我见犹怜的武惠妃,李隆基怎能忍心拒绝?

五

武落衡的第三张牌——不着痕迹地挑拨离间。

自古以来,天子和太子之间的关系都很微妙。一方面,天子会为自己后继有人而高兴;另一方面,天子也会对这个接班人心存戒备,防止他有篡位之心。

不得不说，武家的女子都很厉害，武惠妃和她的姑祖母武则天一样，都懂得攻心为上。武惠妃明白，要想让李隆基对太子李瑛不满，最好的办法就是在李隆基面前说太子有拉帮结派、想早日取而代之的野心。于是，她在李隆基面前貌似漫不经心地说太子李瑛和鄂王李瑶、光王李琚走得过近，其他事嘛，就留给李隆基自己去想吧。

怀疑的种子一旦种下，就会在心里疯狂生长。在武惠妃不着痕迹地挑拨离间下，李隆基对李瑛越来越不满，最后，他不仅将太子废为庶人，还离奇赐死。

六

在李隆基心里，武惠妃到底是一个怎样的存在？

武惠妃死后，李隆基终于知道，太子李瑛的死和武惠妃有关，但似乎依然对她恨不起来。武惠妃死后，李隆基追赠她为皇后，给了她一辈子心心念念却一直无法拥有的皇后称号，谥号"贞顺"。从"贞顺"二字，足见她在李隆基心中的分量。

或许，对武惠妃来说，起初可能只是想要拥有李隆基的专宠，但随着她对权力的欲望越来越大，想让李瑁当上太子，便成了她的执念。而对李隆基来说，人间尤物武惠妃便是他前半生的执念。在她死后很长一段时间里，他都念念不忘，直到遇见杨玉环。那又是另一段执念了。

谁是谁的执念（五）

一

对高仙芝来说，王莲儿眉眼弯弯、浅笑盈盈的样子，是世上独一无二的

美。他一直记得，730年重阳节，他十五岁，莲儿八岁，他带莲儿登上长安最高的花萼相辉楼顶时，莲儿忍不住惊叹："阿兄，我还从未见过这么大的长安城。"

那一刻，莲儿眼中是整座长安城，而他的眼中，却只有莲儿那透着惊喜的亮晶晶的眼眸。似乎在那一刻，爱的种子便已种下。从此，他一心盼望一件事，那就是莲儿快快长大，成为他的新娘。

二

都说缘分天注定，说起高仙芝和王莲儿的缘分，离不开一个人——玉真公主。

722年夏天，玉真公主第一次看见七岁的高仙芝时，就有似曾相识的感觉。黑亮的头发，清亮的眼睛，自信的眼神，灿烂的笑容，神采飞扬的他，不正像极了王维吗？正是因为这份神似，玉真公主将高仙芝收为义子。

高仙芝一直觉得，上天让他成为玉真公主的义子的全部意义，便是和玉真公主的义女——王莲儿相逢。

他们的第一次相逢，在729年春天，他十四岁，莲儿七岁。他清晰地记得，那天莲儿穿了一条鱼戏荷叶图案的六幅长裙，随着脚步的移动，那几尾鲜红的鲤鱼仿佛穿梭在碧绿的荷叶间。不知为何，从见到莲儿的第一眼起，他就开始留意她的一举一动。特别是当她抬头朝他绽放出天真烂漫的笑容，脆生生地说"阿兄好"时，他整个人都怔住了。莲儿微笑时露出的一对梨涡，真是这世上独一无二的美。

如果天上真有仙女，那么莲儿一定是误入人间的仙女。他在人前并不太爱说话，但不知为何，和莲儿在一起时，就像换了个人似的，话不知不觉就多了，莫非这就是前世结下的缘分？

三

从此，高仙芝记住了莲儿的笑容，他喜欢看她笑。可是，730年重阳节，当他们在长安花萼相辉楼再度重逢时，他却看不到她笑了。端坐食案边的莲儿，眉间似有她这个年纪不该有的落寞。看着眼前形单影只的莲儿，高仙芝不由得叹了口气。

不知内情的人，恐怕都会羡慕莲儿，羡慕她是大唐公主的义女，羡慕她有一位才华横溢的父亲，羡慕她出身名门、天生丽质，可是他们怎会知道，她如此年幼，却已饱尝丧母之痛。父亲虽然爱她，却因种种原因，和她聚少离多。多少个漫漫长夜，寄养在叔父家中的她，是否因思念父母而躲在被子里偷偷哭泣……

那一刻，高仙芝特别心疼莲儿，只要能让她高兴，他愿意为她做任何事。于是，他灵机一动，带她登上了花萼相辉楼的顶楼。这里是长安城的最高点，可以俯瞰整座长安城。看着莲儿惊喜得发亮的眼眸，他心头一喜，原来让自己喜欢的人高兴，是比让自己高兴更高兴的事儿！

相聚的时光总是短暂，当莲儿说"阿兄，你走了，就没有人带我玩了"时，高仙芝心里一阵不忍。他想安慰她，却又觉得安慰的话似乎过于苍白，忽然，他想到了西域的雪莲花。

"莲儿，你知道吗？西域那样极度严寒的天气，其他花草根本无法存活，但有一种花，能生长在雪山的岩缝中，傲霜斗雪，迎风绽放。它有一个好听的名字——雪莲花！莲儿，在阿兄看来，你就是一朵美丽的雪莲花。你要像雪莲花那样，越是经历风霜，越要美丽绽放！"

"雪莲花？在冰天雪地中也能开花的雪莲花？"

"是的，雪莲花从发芽到开花，大约需要五年。在这漫长的五年里，它一直都在努力积蓄力量。每年七八月间，当我策马驰骋天山时，就能看到那绽放的雪莲花，当真美极了！"

"阿兄，你下次回长安时，能帮我带一朵雪莲花吗？"

"好，阿兄记住了。莲儿，你笑起来的时候真好看。阿兄希望你能一直这样开开心心的。"他知道，有种别样的默契在他们之间流淌，说不清，道不明，只觉得这样的默契很暖心。

四

从这一天开始，高仙芝就盼望莲儿快快长大。

735年冬天，当他和莲儿再度重逢时，他终于鼓起勇气，将藏在心中的秘密告诉了玉真公主。玉真公主不由得长叹，自己的义子爱上了自己的义女，不知这是一段佳话，还是一个笑话。

高仙芝一心认定，这是一段佳话。

在太液池畔的凉亭里，当莲儿对高仙芝说"阿兄喜欢的女子必定好看得紧，不知是谁家女儿，义母是否相熟"时，他只觉得心中有千军万马呼啸而来，再也顾不了许多，一把握住莲儿的双手，定定地看着她的眼睛，说道："莲儿，五年前，我就有了一个心仪的女子。五年来，我日日盼望她快点长大。此时此刻，她就站在我的面前，叫我如何放得开她？"

一瞬间，莲儿只觉得一股震惊仿佛从脚底直冲上来，全身的血液都冲上头顶，眼前一片空白，耳边嗡嗡作响。片刻之后，才一个激灵回过神来，不知从哪里进出一股力气，用力一挣，才从仙芝手中抽出手来，她提起长裙，落荒而逃……

她只觉得方才被他握过的指尖就像被火烧过一般，整个手心竟然都在冒汗。方才让她猝不及防的一幕再次涌上心头，仿佛仙芝不是在和她说话，而是告诉她一个他和别人的故事。

"莲儿，等你长大了，定是这世上最好看的新妇。"仙芝低头看着她时那深不见底的眼神，不断浮现在她面前。她只觉得心里一阵慌乱，想躲开这双眼睛，却偏偏被魇住了一般，再也挥之不去。他的眸子，亮如星辰；他的手臂，沉稳有力；他的手心，带着她熟悉的温暖，一如五年前带她去花萼相辉楼顶俯瞰长安城时的感觉。

五

高仙芝终于等到了莲儿嫁给他的那一天。

新婚之夜，他变戏法般从身后拿出了一朵白得耀眼的花朵，送给莲儿："莲儿，很多年前，我曾告诉你，你是这世上最美的雪莲花！你知道这些年来我有多么想你吗？"

莲儿伏在他的怀里，闭着眼睛微笑："我知道。"

"不，你不知道。阿爷阿娘早就盼着我娶妻生子，而我对他们说的永远是同一句话——我的孩子的阿娘，只能是莲儿！"他相信，姻缘自有天定，他的爱妻注定是莲儿。因此，当父母催促他早日娶妻生子时，他一脸笃定："我的孩子的阿娘，只能是莲儿。"对莲儿来说，嫁给仙芝，别无所求，唯一放心不下的，便是他的安危。

看着仙芝近在咫尺的黝黑双眸，莲儿柔情似水："仙芝，我要你答应我一件事。我要你为了我，保护好自己，好吗？"仙芝明白，义母曾告诉他，丈人起先并不赞成莲儿嫁给他，就是因为他是一名将军，怕他给不了莲儿岁月静好、白头偕老。于是，仙芝拥莲儿入怀，在她头顶坚定地说道："莲儿，你放心，有你在，我定会好好的。"

六

安史之乱爆发，高仙芝带队出征。在生命的最后一刻，他看向了长安！那里有他最放心不下的莲儿。"莲儿，这辈子，我自问没有失信于任何人，但这一次，我失信于你了……莲儿，原谅我无法平安归去！来生，我定会去寻你！"

刹那间，刀光过处，一腔鲜血喷向天空，瞬间染红了潼关大地。将士在哭泣，潼关在哭泣，大唐在哭泣。

莲儿惊闻噩耗，她想放弃生命，追随仙芝而去。在她命悬一线时，父亲对她说："莲儿，咱们都要好好活下去，一定要亲眼看到为仙芝洗去冤屈的那一天！"

　　她终于明白，嫁给仙芝，意味着朝朝暮暮、白头偕老，注定是遥远的奢望。战争虽然夺走了仙芝的生命，但仙芝对她的爱，永远烙印在她的生命中。战争和死亡，都无法剥夺这份已经和生命融为一体的爱。他从与她相遇那天开始等她长大，她从嫁给他那天开始为他坚强。他做到了，她也做到了，他们都是彼此生命中那个对的人。

写在最后：热爱写作之前，热爱生活

一

在第十七届亚洲电影大奖上，蒋勤勤发表获奖感言。她动情地说："热爱电影之前，请先热爱生活。热爱生活之前，请先热爱人。"

二

我近来常没来由地想一些事。比如，人从出生那天起，就一步一步走向死亡，放在历史的长河中看，活一百岁和活一岁，其实没有区别，那么，活着的意义是什么？

比如，我日复一日写作，写下一个个字、一句句话、一篇篇文章，又有什么意义？

三

关于生命的意义，尼采的结论是——生命本无意义。以前，我不愿承认"生命本无意义"，如今我愿意承认。或许，当我愿意承认这一点时，我进入了生命的另一个阶段。

不过，尼采还说，虽然生命本无意义，但可以赋予它意义。也就是说，你给它什么意义，它就有什么意义。

生命的意义并不是事先设定好的，而是我们每个人通过自己的选择和行动来创造和定义的。也就是说，生命虽无意义，但我们要有意义地活着。

四

回到写作这件事。如果用一些具体标准去衡量写作，写作好像没啥意义。这篇文章有多少阅读量？多少点赞量？多少转发量？书出版后，印了几次？每次印多少册？说实话，在如今这个短、平、快的时代，慢腾腾的纯文学写作，有点跟不上时代高速发展的节奏。那么，我为何还坚持写作？

抛开所有道理不谈，我最真实的感受是，当我全神贯注写作时，我开心，我充实，我能找到一种生命的乐趣。

五

我喜欢泰戈尔的一句诗："天空不曾留下鸟的痕迹，但我已飞过。"对这句诗，可以有多种理解。我的理解是，"不留下痕迹"是指当一个人离开世界时，除了至亲，会很快被遗忘；"我已飞过"，指的是我活着时，是努力飞翔过的。即使我们知道生命无法永恒，但仍然要勇敢地生活。就像天空中的鸟，虽然无法留下痕迹，但飞翔本身，努力本身，就是美丽的。

电影《寻梦环游记》中说，人有两次死亡，第一次是肉体的死亡，第二次是被后人遗忘。人生本无意义，但比起不努力，努力肯定是更优的选择。

热爱写作之前，请先热爱生活。热爱生活，是生命的根基。

亲爱的朋友，如果您喜欢某个历史人物，欢迎告诉我，说不定我会提笔写他……

一次次相逢，在书中，在人间。

期待下本书，再见。

后记：这样的人生，很高级

一

2021年6月26日，我写完了百万字的长篇历史小说《红豆生南国》。在之后的很长一段时间里，我虽身在当下，思绪却依然停留在那气象万千、仪态万方的盛世大唐。

很多朋友问我："你为何如此喜欢王维？"

我是喜欢他的才华？喜欢他的深情？喜欢他的自律？但又觉得这些不足以形容他。

有一天，福至心灵一般，我想到了一个最适合形容王维的词——高级。

是的，王维的人生很高级。

二

王维的高级，在于他的清醒。

人的一生，其实一直在做选择。所谓性格决定命运，就是面对选择时，不同的性格会做出不同的选择，也就导致了不同的人生。

对二十一岁科举及第、高中状元的王维来说，官场是他一生都绕不开的话题。对古代读书人来说，只要有机会入仕，总会想着"达则兼济天下"，只有仕途黯淡时，才会想着"穷则独善其身"。王维却是一个例外。

纵观王维的仕途，虽有波动，但总体平稳，他最终当上了尚书右丞，这在当时是很显赫的官职了。但是，王维一生都向往隐居，特别是中年之后，一直过着半官半隐、亦官亦隐的生活。因为王维明白，人要活得好，就要清楚人生的目的。

他明白，钱和权都只是生活的工具，绝非人生的目的。所以，他在官场中始终保持清醒，历经世事后，身上依然有真性情。

他的人生态度是：让自己宁静。这种宁静，不是逃遁，不是厌世，而是洞明世事后的独处。身在朝中，心归南山，保持精神上的距离，却不逃避尘世俗务。用他的话说，就是"江流天地外，山色有无中"，或者"行到水穷处，坐看云起时"。

在阴晴不定的人世间，王维始终是一个清醒、明白的人。

三

王维的高级，在于他的自律。

何谓自律？真正的自律，是主动脱离舒适区，去做不喜欢但应该做的事情，不去做喜欢但不应该做的事情，并持之以恒。你有多自律，就有多自由。

在自律方面，王维堪称典范。据《旧唐书·王维传》记载，王维"在京师日饭十数名僧，以玄谈为乐。斋中无所有，唯茶铛、药臼、经案、绳床而已。退朝之后，焚香独坐，以禅诵为事"。

王维的母亲笃信佛法。受母亲影响，王维自小信奉佛法。729年，他的结发爱妻去世后，他拜在长安大荐福寺道光禅师门下，成为道光禅师的得意弟子。

"在京师日饭十数名僧，以玄谈为乐"，说明他虽身居高位，却不陷泥淖，经常邀请高僧到家中切磋学问、坐而论道；"斋中无所有，唯茶铛、药臼、经案、绳床而已"，说明他虽收入颇丰，却丝毫不铺张浪费，过着极其简单朴素的生活；"退朝之后，焚香独坐，以禅诵为事"，说明他虽身居官场，却不为官声所累，让自己静下心来，修行精进，终成一代"诗佛"……

王维是中国文学史上唯一享有"诗佛"之誉的诗人。他的佛学造诣到底有多深厚？他不仅为北禅宗道光禅师撰写了《大荐福寺大德道光禅师塔铭》，为北禅宗净觉禅师撰写了《大唐大安国寺故大德净觉师塔铭》，更为南禅宗六祖慧能撰写了《六祖能禅师碑铭》。这样的佛学造诣，令人叹为观止。

自律，是一个成年人最该有的姿态。唯其自律，才能达到常人难以企及的高度。

四

王维的高级，在于他的放下。

王维的一生，有大起，也有大落；有大喜，亦有大悲，但他留给后人的四百多首诗歌，却大多不喜不悲。

比如《鸟鸣涧》："人闲桂花落，夜静春山空。月出惊山鸟，时鸣春涧中。"他的诗，不见一个"我"，却处处是我；他的心，流连万物，却又"空无一物"。

《春山：王维的盛唐与寂灭》的作者何大草说："我已读了他三四十年，可他的面目依旧不够清晰，似乎总是隔着雾雨，看见一个背影。"

王维的一生，有过刻骨铭心的爱，也有过锥心刺骨的痛。他的爱和痛一样深刻，他的得到和失去一样惨烈。

他在朝堂之外的蓝田辋川觅得一片净土，有山有湖，有溪有谷，他有事上朝，无事便脱了官服，坐在竹林间，与清风浅斟，与明月低唱……

于他而言，世间种种红尘往事，都如过眼云烟。他以诗的无我，消融了生命的悲哀；以佛之空境，消解了命运的无常。

于他而言，佛不是生来就两手空空、了无烦恼，而是历尽红尘、看尽繁华后，于"深林人不知，明月来相照"时，会心一笑。

不悲，不喜，不哀，不乐，诗中有山水，无处不田园。

在电影《卧虎藏龙》中，李慕白对俞秀莲说："把手握紧，里面什么也没有；把手松开，你拥有的是一切。"王维又何尝不是呢？

五

在人民文学出版社举办的2022文学跨年盛典上，康震老师娓娓道来："如果你要问我最喜欢哪个诗人，其实我更愿意接近王维这样的人。他恬静、真实，在政治上没有很高的诉求，跟谁的关系都处理得比较融洽。他是一个文艺的巨匠，绘画、音乐、诗歌、佛教、田园、建筑，无一不精。在某种程度上，他满足了一个读书人所能想象的所有理想。你为什么会喜欢上他呢？就是你很想过像他那样的人生，而且你认为这样的人生，比你现在的人生要高级，令你神往。"

是的，王维的人生，很高级。

因为王维，我渐渐明白，清醒，自律，放下，不和人比，不求人懂，不必匆忙，不在意眼前的荣辱得失，才是更高级的活法。